カミオカンデの神さま

松田悠八 作

ロクリン社

1　カミオカンデのある町

今年《ことし》も夏がやってきた。

六歳《さい》になったカナエと、一七歳《さい》の姉のヒサエふたりが住む家は、緑深い飛騨《ひだ》の山合いを流れる宮川《みやがわ》のほとりに建っている。宮川《みやがわ》は、飛騨高山《ひだたかやま》の町の中心を通って北の日本海をうるおし、そのすぐ東を流れる飛騨川《ひだがわ》は南下して太平洋に注ぐ。つまり飛騨《ひだ》は日本列島のまんなかで、雨水の流れる方向が南北に分かれる地域にある。

カナエとヒサエは、宮川《みやがわ》のさわさわ流れる音をきいて育った。周囲《しゅうい》の山々《やまやま》からこの川に流れこむ湧《わ》き水《みず》は、年じゅう一五度前後でほとんど変わることがない。

暖《あたた》かい日の光が、ひんやりした朝の空気を裂《さ》いてまっすぐに届《とど》く。木々《きぎ》の葉っぱの上で育った夜露《よつゆ》が、日に暖《あたた》められて水蒸気《すいじょうき》に変身する。見えるか見えないかの淡《あわ》い水蒸気《すいじょうき》は、すこしずつ濃《こ》くなって朝靄《あさもや》となり、まるで山すそを飾《かざ》るレースのカーテンのようだ。

ゆるりゆるり漂《ただよ》うカーテンの下で、宮川《みやがわ》の流れにも日の光が届《とど》く。しばらく光を受けているうちに、冷たい水面が反応《はんのう》してやわらかな川霧《かわぎり》を育てる。できはじめの川霧《かわぎり》は敷布《しきふ》に似《に》ていて、それがすこしずつ厚《あつ》みをましながら川面《かわも》を隠《かく》していくところは、ちょうど純白《じゅんぱく》の厚《あつ》いふとんを

重ねていくようにも見える。

気温が三〇度を超《こ》えるほど暑い昼間には、とくべつ長くて厚《あつ》い敷《し》きぶとんの川ができあがる。横から見ると、まるで川の上に厚《あつ》いふわふわのふとんをかけたようで、幼稚園《ようちえん》のころのカナエは、その白いふとんのなかにひとり入って遊ぶこともあった。立てば、ふとんの上に出てまわりが見えるし、座《すわ》れば、ふとんのなかにもぐったように隠《かく》れることができる。川が、だれも知らない秘密《ひみつ》のお城になる。

玄関前《げんかんまえ》の県道を横切って、土手を斜《なな》めに一〇メートルほど下りれば川までわずか一分。深さ三〇センチほどの浅瀬《あさせ》を、透《す》きとおった水が左から右へきらきら光りながら流れていく。

家の北側には直径三メートルほどの丸い池があり、まわりは小さな野菜畑《やさいばたけ》。池の先には広葉樹《こうようじゅ》の森の緑が広がり、その先の里山までつづく。

池の東側のはしっこから、森の奥底《おくそこ》で清められた透明《とうめい》な湧《わ》き水《みず》がひとすじ、ちろちろと流《なが》れこんでいる。暑い季節にはひんやりと冷たく、冬は沸《わ》かしたお湯ほどに温かく感じられる湧《わ》き水《みず》は、宮川《みやがわ》からのとくべつのおすそわけである。

夏の盛《さか》りのころ、庭の朝採《あさど》れのスイカを池に沈《しず》めて、午後になってから食べるのがカナエたちのとっておきの楽しみだった。

「スイカはなぁ、冷蔵庫《れいぞうこ》に入れたらあかん。冷えすぎて甘味《あまみ》が逃《に》げてまうでね。この池の水でゆっくり冷やすのが、香《かお》りも立っていちばんや」

カカ――カナエとヒサエはいまでも両親をトトカカと呼《よ》んでいる――は、いつもそう言ってスイカを切ってくれたものだ。

カナエは、いまでもカカの言ったとおりだと思っている。スイカの赤さが、のどにそのままとびこんでくる。それに、池で冷やしたスイカは、カナエの大好きなアユとおなじ香《かお》りがする。ほかの川魚は苦くて食べられないのに、アユだけとくべつにおいしいと感じられるのは、その匂《にお》いのおかげなのだ。

こんなふうにして、じぶんの好きな川や木や水が、いつもまわりにあるということは、カナエの小さな誇《ほこ》りでもある。

＊

この宮川《みやがわ》の二キロほど上流で、ふたりの両親が自動車事故《じこ》で命を亡《な》くしたのは、カナエが六歳《さい》になった年の五月一一日のことだった。事故《じこ》の原因は、トトのわき見運転とみられている。車は崖《がけ》のガードレールを破《やぶ》って川原に落ちた。川に落ちたのであれば助かったかもしれないのに、車は運悪く崖下《がけした》の岩に激突《げきとつ》し、大破《たいは》した。

その日、トトは会社を休んで、カカとふたりで岐阜《ぎふ》市に住む親戚《しんせき》の家へ遊びに出かけた。カナエは通《かよ》いはじめの小学校へ一時間も早く行き、高校二年になったばかりのヒサエは、休校日でゆっくり朝寝坊《あさねぼう》を楽しんでいるところだった。

昼すぎに事故《じこ》の知らせをもってきたのは、近くの交番の巡査《じゅんさ》である。申《もう》し訳《わけ》なさそうにヒサエの顔を見ながら、わき見運転と思われる理由はブレーキの跡《あと》がないこと、車は崖《がけ》から五メートル下の岩まで落ちていたこと、川に落ちていたら命は助かっていたかもしれないことなどを、静かに伝えてくれた。

けれどもヒサエは、巡査《じゅんさ》の説明がよく理解《りかい》できないまま、ただぽかんと立ちつくしていた。両親がいなくなったという事実が、どうしてもわからない。じぶん自身がどこかへ消えてしまったようで、ただ思いつくのは、カナエにどう話したらいいかということだけ。（カナエはまだ六歳《さい》。人の死を理解《りかい》するには小さすぎる。それが両親ふたりとも、となればなおさら。わたしがカナエを守らなくては）。

ヒサエの頭が妹のことでいっぱいになる。ただぼーっと巡査《じゅんさ》の胸元《むなもと》に視線《しせん》を送るだけで、体は固まったまま。

「だいじょうぶですか？」

巡査《じゅんさ》の声かけにはっとわれに返ったあと、ヒサエの頭にはとなりに住むハルバアのことが浮《う》かんできた。

「はい。えーっと、あのー……となりのハルバアと相談しますので……」

ハルバアは、カナエたちが生まれる前から、中村家の右どなりにひとりで住んでいる。本名は石田春江《はるえ》だが、だれもがハルバアと愛称《あいしょう》で呼《よ》んでいる。四〇年間、小学校の教師《きょうし》として子どもたちを教えてきた、教育ひとすじのおばあさんである。

「わたしを先生と呼《よ》ばんように。ハルサンか、ハルバアでええ」と若《わか》いころから言いつづけてきたので、石田先生はいつのまにか「ハルバア」になった。

髪《かみ》の毛《け》はふさふさでまっ白、身長は一五〇センチにもとどかないが、背筋《せすじ》はぴんと伸《の》び、顔の色つやもよくて、せいぜい六〇歳《さい》くらいに見える。うわさでは、とうに八〇歳《さい》を超《こ》えているらしいが、きいても教えてくれず、ほんとうのところはだれも知らない。

「じぶんでしゃべってまうと、その気になるのが怖《こわ》いでな。言わんことにしとるんよ。言わんとけば忘《わす》れてまうからね。あんたら、かってに想像《そうぞう》しとりゃええ。それがわたしの年齢《ねんれい》じゃでの」

いつも得意げに、そんなふうに言ってはごまかしてきた。

若《わか》いころから、結婚《けっこん》して家庭をもつより、毎年学校へ入ってくる生徒たちをわが子のように育てたいと、そう決めて働いてきた。子どものとき、足をけがして歩くのがすこし苦手になったまま教職《きょうしょく》についたので、自宅《じたく》近くの学校でずっと働けるようにしてもらった。

遊びにくる生徒たちは、ハルバアの家を「マメハウス」と呼《よ》ぶ。マメという言葉には、健康とか元気などの意味がある。ハルバアがだれにでも、「マメでやっとるかえ?」「マメなかな?」などと気軽に声をかけるので、家はいつのまにか「マメハウス」になった。

退職後《たいしょくご》は、自宅《じたく》を開放《かいほう》して集まってくる子どもたちを教えたり、いっしょに遊んだり、もうひとつの学校のような居場所《いばしょ》にしている。

カナエもヒサエも、小さいころからマメハウスに出入りしていて、ハルバアをじぶんたちのおばあちゃんのように慕《した》い、なんでも話したり、質問をしたりした。カナエがまだ幼《おさな》かったころ、「ねえ、男の子が言ってる『三本目の足』ってなあに?」という無邪気《むじゃき》な質問などで、ときにはハルバアをあわてさせることもあった。

中学二年ではじめて生理になったとき、ヒサエもやはりカカではなくハルバアに「なんで女の子は血が出るの?」と質問《しつもん》した。

とにかくハルバアは、ふたりのいちばん頼《たよ》りになる相談相手だった。

ただひとつ困《こま》るのは、ときどき古《ふる》めかしい言葉を使うので、話がわからなくなることだ。

ハルバアが冗談《じょうだん》まじりに、「ワアがわあわあ言いすぎると、ナアらはようわからんやろなあ」などと言ってふざけると、まわりは笑っていいものかどうか困《こま》ってしまう。ワアは我《われ》、つまり「じぶん」のこと。ナアは汝《なんじ》、つまり「あなた」という意味である。

＊

そんなハルバアも、ヒサエがトトカカの事故《じこ》について知らせにきたときには、さすがにどう声をかけたらいいのかわからなくなった。

玄関《げんかん》に立ったヒサエは、悲しむでもなく涙《なみだ》を流すでもなく、感情を忘《わす》れてしまった人のように小さな声で巡査《じゅんさ》の話を伝えた。

ハルバアの頭はフル回転――起きてしまったことはもうとりかえしがきかないけれど、孫《まご》娘《むすめ》のようにかわいがってきたふたりが、とつぜん両親を亡《な》くすという不幸に見舞《みま》われた。その事実を、どうふたりに理解《りかい》させたらいいのか。一七歳《さい》のヒサエには、つらいだろうけれど、しっかり事実を認《みと》めさせよう。けれども六歳《さい》のカナエには、荷が重すぎて理解《りかい》させるのはむずかしい。さあどうしたらいいものか……。

いつもしっかり相手を見て話すヒサエの視線《しせん》が、ハルバアを通り越《こ》してその先のどこかへぼんやり向かっている。ハルバアには、ヒサエの混乱《こんらん》がよくわかった。

「なあヒサちゃん、言いにくいことやけど、これからはヒサちゃんがカナエを支《ささ》えてやらにゃあかんねぇ」

「うん、わかる。でも、どうしたらええのか……」

ハルバアは、うなずきながらヒサエにいくつか提案《ていあん》をした。カナエには両親が亡《な》くなったとは言わないでおくこと。そのかわり、いっしょになにか別の物語を作って納得《なっとく》させようということ。

「ちっちゃいカナちゃんにどう説明するのか、そこがなぁ」

「わたしにもそこがわからんの。どう言ったらええか……」

「ヒサちゃんの話をききながら、ワアもあれやこれや考えたよ。それで、これがいちばんかなと思うのが、カナちゃんには、思いきったうそをつくこと」

「え、うそを?」

「うん、でっかくて、えーなにそれって思うようなことを。たとえば、トトカカは、あの星まで出かけたで、しばらく会えないよって、どうやなヒサちゃん？　これって、むかしからたくさんの人が使ってきたうそや。いなくなった人は、星になる旅に出かけたんやって」

「あ、カナエは星を見るの大好きよ」

うそをつこうというハルバアの話をきいて、ヒサエの不安だった気持ちがすこしやわらかくなった。

「トトが星のこと好きで、わたしらにいろいろ教えてくれたもん」

「そうやったよね。トトはやさしかったでねぇ」

ヒサエの目から涙《なみだ》がぽろぽろこぼれる。ハルバアはだまって指でふいてやった。

カナエが星を大好きになったのは、たしかにトトの影響《えいきょう》である。それをよく知っているハルバアのすすめに、ヒサエも納得《なっとく》がいった。これでカナエが傷《きず》つかなければ、うそも方便《ほうべん》というものだ。

「宇宙《うちゅう》くらい大きいうそ。だれもがよう知っとるうそやけど、それだけ効《き》き目《め》がある、力があるいうわけや。わかるよね？」

ヒサエは、ゆっくりうなずいた。

「とにかくカナちゃんには、トトカカは空へ昇《のぼ》って星まで出かけたんやってことで。いずれ時間がたてば、カナちゃんもわかる日がくるやろうけど、それまではそういうことにしとこうな。トトカカはいつもあそこにおるんじゃて思えば、元気も湧《わ》くちゅうもんやろ」

ハルバアはヒサエに言いふくめた。ヒサエはだまって深くうなずいた。

「ヒサちゃん、ナアもそう思うことにしたらどうじゃし。すれば、気持ちがすこしはおさまらんかいよ。カナちゃんにはのう、なによりじぶんでわかっていくのが、だいじなんやでな。ほんとのことわかるようになるまでは、そうしといたらええ。そんときまで待っといたろうや、ねえ」

ヒサエにしても「トトカカは死にました」なんて口にするのはつらすぎる。それにハルバアの言うとおり、星に行ったことにしておけば、心まで軽くなりそうだ。

さらにハルバアは、うそが真実に思えるように、トトカカが向かった星を決めた。カナエには、柄杓型《ひしゃくがた》に並《なら》ぶ北斗七星《ほくとしちせい》の、柄杓《ひしゃく》のいちばん先っぽの星がトト、そのつぎがカカ、と教えることにしたのである。

＊

飛騨《ひだ》の高校生の多くは、進学を希望すると故郷《こきょう》を離《はな》れて東京や大阪、名古屋などへ出ることになる。ヒサエも得意《とくい》科目の英語をいかして、名古屋にある国立大学の英文科に行きたいと思っていた。けれども両親が亡《な》くなった高校二年の五月のあの日、ヒサエは描《えが》いていた未来図をやぶり捨《す》てる決心をした。

ふたりで生きていくためには大学へ進むのをあきらめる、と決めたヒサエを喜《よろこ》ばせたのは、トトのお兄さんがやっている地元の道の駅「スペースドーム」で働かないかという提案《ていあん》である。

スペースドームは、自転車なら家からわずか五分で行ける。道の駅をまかされているのはトトのお兄さん、ヒサエのおじさんにあたる中村健一さん（ケンさん）だ。自動車事故《じこ》でトトカが亡《な》くなり、残されたふたりを心配したケンさんは、ヒサエが高校を出たらここで働いてもらおうと考えた。

じつは、ケンさんには大きな夢《ゆめ》がある。ノーベル賞を二度も受賞するほどの、世界に誇《ほこ》るべき研究の現場になった宇宙観測施設《うちゅうかんそくしせつ》を、もっと多くの人に知ってもらいたいという夢《ゆめ》である。

（こんな山奥《やまおく》に、いや山奥《やまおく》だからこそ建てることができた巨大施設《きょだいしせつ》があるということを、もっともっと広くアピールしたい。そのためにも、だれにもわかりやすい展示《てんじ》や紹介《しょうかい》のアイデアをひねりだし、スペースドームの人気を高めなければ）。

もう四〇年も前、飛騨《ひだ》市《し》神岡《かみおか》町の鉱山跡地《こうざんあとち》に建設《けんせつ》されたカミオカンデ、そのあとできたスーパーカミオカンデ、そして最新のハイパーカミオカンデ。宇宙《うちゅう》に向けた巨大《きょだい》なセンサー群《ぐん》が、神秘《しんぴ》に満ちた宇宙誕生《うちゅうたんじょう》のなぞをいまも探《さぐ》りつづけている。

二〇〇二年——科学者たちは、ニュートリノという小さくて目に見えないふしぎな宇宙線《うちゅうせん》が、この全宇宙《ぜんうちゅう》を自由に飛びまわっている証拠《しょうこ》を見つけた。それは人間の体も、地球までも悠々《ゆうゆう》と通り抜《ぬ》けてしまうという、とらえどころのない宇宙線《うちゅうせん》である。

その証拠《しょうこ》を、地下千メートルに設置《せっち》された観測施設《かんそくしせつ》のセンサーが見つけた。それは、宇宙《うちゅう》の起源《きげん》に迫《せま》るたいせつな発見だと認《みと》められ、研究の指揮《しき》にあたった小柴昌俊博士《こしばまさとしはかせ》がノーベル物理学賞を受賞した。

そのあと二〇一五年には、小柴博士《こしばはかせ》につづく研究の成果によって、梶田隆章博士《かじたたかあきはかせ》がおなじくノーベル物理学賞を受賞し、カミオカンデとスーパーカミオカンデはふたつの大きな栄誉《えいよ》に輝《かがや》いた。

けれども、二度もノーベル賞を受賞したのに、その業績《ぎょうせき》がどれほど貴重《きちょう》なものであるかについては、あまり知られていない。ケンさんは、それをもっと多くの人たちに知ってもらいたいと思いつづけている。

夢《ゆめ》は国内だけでなく、海外にまで広がっていく。最近、外国からはるばるこの奥飛騨《おくひだ》までやってくる観光客が増《ふ》えてきた。そのこともケンさんの夢《ゆめ》を大きくする。

弟がとつぜんの交通事故《じこ》で亡《な》くなり、残された娘《むすめ》ふたりの将来《しょうらい》に不安の雲が立ちこめたとき、ケンさんの頭に浮《う》かんだのが、大学の英文科に進みたいと希望しているヒサエのことだった。

ケンさんは、外国からの観光客が増《ふ》えてきたスペースドームなら、ヒサエ次第《しだい》で英語力も身につけることができると考えたのだ。

ヒサエは、ケンさんの心やさしい誘《さそ》いに（そうか、それも勉強やもんなぁ。カナエを支《ささ》えるためにも必要やし）と動かされ、スペースドームで働ける幸運をかみしめた。

道の駅の仕事と言えば、訪《おとず》れる客に名産品を売ったり、食堂でおいしい地元料理を楽しんでもらったりすることが中心になる。ヒサエが期待した外国からの観光客を相手に英語で応対《おうたい》するチャンスは、一週間に数回ほどで多くはなかった。それでも勤《つと》めはじめて三年、アメリカやドイツ、アジア各国などの旅行客とメールアドレスの交換《こうかん》をしたり、絵はがきのやりとりをはじめたりで、英語実習の楽しみは確実《かくじつ》に増《ふ》えている。

そんななか、ある人が、ヒサエの生活に新しい風を運んできた。

東京からやってくる北川昇司《しょうじ》は『ガリレオ』という月刊誌《げっかんし》の編集部員《へんしゅうぶいん》で、宇宙《うちゅう》関係の記事をまとめるために、年に何度か飛騨《ひだ》まで出張《しゅっちょう》する。

誌名《しめい》の『ガリレオ』は、もちろんイタリアの天文学者ガリレオ・ガリレイの名を借りていて、小中学生の読者を中心に、だれにもわかりやすい科学雑誌《ざっし》を目ざしている。誌名《しめい》の上に掲《かか》げられた、「科学はこんなにおもしろくて楽しい！」という編集方針《へんしゅうほうしん》に賛成《さんせい》する声が多く、学校の図書館では定期購読誌《こうどくし》になっていた。

ショージさんは、取材や写真撮影《さつえい》で何回も研究所の施設《しせつ》を訪《おとず》れていて、ヒサエと知り合う前から、研究所への道沿《ぞ》いにある道の駅が気になっていた。

（「スペースドーム」ということは、おそらく宇宙《うちゅう》のことやカミオカンデについて教えてくれる展示《てんじ》コーナーなどもあるはずだ。それがおもしろければ取材もできるし、記事のためのヒントもあるだろう
飛騨《ひだ》へ通《かよ》いはじめて二年目になる秋のある日、はじめてドームに入ったショージさんは、スタッフとして働いているヒサエに出会った。鼻がつんと高く端整《たんせい》な顔立ちのヒサエの笑顔は、とてもさわやかだ。（あんな弾《はじ》けるような笑顔、見たことないなぁ）と、好感をもった。それ以降《いこう》は取材で神岡《かみおか》を訪《おとず》れるたびにスペースドームに寄《よ》り、ヒサエと会う時間を楽しむようになった。

カナエは、ヒサエがはじめてショージさんを家に連れてきた日のことをよく覚えている。

（へー、イケメンかどうかはわからんけど、こっちではあんまり見かけん顔やなぁ。あれが都会顔なんかな。お姉ちゃん、こういうのが好みか……）というのが正直な第一印象だった。

星を見るのが好きだというカナエのために、ショージさんは星と宇宙《うちゅう》の特集記事をまとめた『ガリレオ』のバックナンバーを、何冊《なんさつ》かもってきてくれた。カナエは喜《よろこ》びながらすぐに気づいた。

（ショージさんはお姉ちゃんのことが好きやから、『ガリレオ』は点数かせぎのプレゼントなんや）。

＊

両親を交通事故《じこ》で亡《な》くして五年。飛騨《ひだ》の遅《おそ》い春が終わり、五月を迎《むか》えるころになると、裏庭《うらにわ》の池でミズバショウの花が咲《さ》きはじめる。花好きだったカカが、きれいな湧《わ》き水《みず》の出る池ならと、天生高原《あもう》に咲《さ》くこの花を植えた。

ミズバショウは、赤ん坊《ぼう》の白いおくるみに抱《だ》かれるように苞《ほう》を開いていく。純白《じゅんぱく》の仏炎苞《ぶつえんほう》と呼《よ》ばれる苞《ほう》である。カカは、いつも花に向かって手を合わせ、なにか念仏《ねんぶつ》を唱えていた。カナエには、花といってもキュウリかゴーヤにしか見えない。手を合わせて拝《おが》むほど見栄《みば》えのするものではなく、ふしぎに思って一度きいたことがあった。

「なんでミズバショウに手を合わせるの？」

「カカにはね、ミズバショウが仏《ほとけ》さんのように見えるんや。ほれ、カナエも見たことないか。あのミズバショウのぶつぶつの花は、仏《ほとけ》さんの髪《かみ》の毛《け》みたいで、自然にお祈《いの》りしたくなるんやわ。瑞岸寺《ずいがんじ》にある木仏《きぶつ》の円空《えんくう》さんもおんなじやがね。どっちも、静かにほほえんでござるようで、自然に手を合わせてまうんやなぁ」

「ふうん、そうやったの。でも、カカはなにをお祈《いの》りしとるん？」

「そら、あんたらのしあわせに決まっちょる。親ならだれやってそう思うもんよ」

「ふうーん、しあわせか」

カカのいない庭で、カナエは白い葉っぱに包まれたミズバショウの花を見下ろした。

(子どものしあわせばっかお祈《いの》りしとったカカが星に行って、これからは、わたしらのしあわせはわたしらが育てていかなあかん、言っとるのかな。そんなこと考えもしなかったで、これからどうしたらええんかなあ……)。

ふと、池の向こう岸にカカがいるような気がして、カナエは両ひざを折《お》り、ミズバショウに手を合わせた。

「へえー、カナちゃんも拝《おが》むんや」

とつぜんの姉の声に、カナエはふっとわれに返った。立ちあがってふりむくと、ヒサエが台所の窓《まど》からこちらを見ている。カナエと目が合うと、夕食のしたくをしていた手を止めて、ほほえんでいる。

「そうやよ。早いことボーイフレンドが見つかりますようにって、お祈《いの》りしたんやもん」

姉に見つかったことが照れくさくて、カナエは言いわけした。

「そういうことは、お祈《いの》りしてもだめよ。じぶんで探《さが》すのね」

「へえー、ほんならお姉ちゃんは、じぶんでかなえたのね。ショージさんも、そんなふうにしてつかまえたんや」

「ちがうよ、なに言ってるの。わたしは、ただ会っているだけ」

ヒサエの包丁《ほうちょう》をもつ手が止まり、耳たぶが赤くなった。あわてて冷静をよそおい、エプロンのひもをしめ直し、夕食の準備《じゅんび》をすすめる。

ショージさんの名前が出るとヒサエの頰《ほお》が赤くなることを、カナエはとっくに察している。頰《ほお》が赤くなるなんて、気持ちがある証拠《しょうこ》だ。カナエはそんなヒサエの表情《ひょうじょう》を見るにつけ、姉より年上になったようで心がふくらむのだった。

「お姉ちゃん、夕飯はなあに？」

「しょうが焼き」

「え？　ショージさん、くるの？」

「なんでそんなことをきくのよ」

「彼《かれ》がくるとき、いつもしょうが焼きやもん。お姉ちゃんの得意レシピ」

「ちがうちがう。今夜はカナエに食べてもらいたいの」

ヒサエは豚肉《ぶたにく》のしょうが焼きのかくし味に、かならず酒粕《さけかす》をすこし入れる。飛騨古川《ひだふるかわ》にカカのおなじみの酒屋さんがあり、そこで作っている酒粕《さけかす》を使うのがヒサエのこだわりである。その味付けはカナエだけでなく、トトにもカカにも好評《こうひょう》だった。ショージさんがはじめて家にきたときにも、やはり「ヒサエさんのしょうが焼き、すごいおいしいよ」と喜《よろこ》んでくれた。

姉のしょうが焼きはショージさんへのラブレターだと、カナエはすっかり思いこんでいる。

いっぽうヒサエは、ショージさんのことになると、カナエがなんでもわかっているような表《ひょう》情《じょう》になるのがうるさくて、いつも話題をそらしてしまう。

「それよりほら、カカはミズバショウのつぎに、アジサイもだいじにしとったの知ってる？

アジサイは仏《ほとけ》さんに似合《にあ》うから、うちの庭にもほしいって言ってたのよ」

しょうが焼きやみそ汁《しる》が並《なら》んだ食卓《しょくたく》の先に見える庭では、カカの育てた青や紫色《むらさきいろ》のアジサイが元気に咲《さ》いている。

「そう言えば、カカは瑞岸寺《ずいがんじ》のアジサイが好きやって言っとったわ。お姉ちゃん、きいたことあるでしょ」

「うん。それがあのちょっと背《せ》の高いのよ。お寺の白いアジサイはカカのお気に入りで、何度も通《かよ》って見とるうちに、お寺さんが声かけてくれてね。よかったらこれもって行きんさい、土が合えばちゃーんと根付くって、枝《えだ》を何本か分けてもらったんやと」

ヒサエは、カカと植えた頼《たよ》りなさそうなアジサイの枝《えだ》を思いだしながら言った。

「あー、やっぱりそうやったんか。お姉ちゃん、よう覚えとるね」

「わたしも白が好きやで、よう覚《おぼ》えとる。株《かぶ》もだいぶ多くなってきたから、去年ハルバアに分けてあげたんだけど、ちゃんと元気に育ったそうよ。ハルバアとカカ、いーつも花や野菜のことばっかり話しとったでしょ。わたしら花トモでベジトモね、とか言って笑いながら」

「ベジトモってなに?」

「野菜はベジタブル。野菜好きの友だちってこと」

「へえ、そうなんや。ふたりとも花だけやなしに、食べることも大好きやったもんね」

「花も野菜もよう育てては食べとった」

「ハルバアは、花が元気やでカカと会ってるようになつかしいって言うよ」

「ミズバショウもこんなきれいな緑色の葉っぱもっとるんやから、食べられたらええのになんて、おかしなこと言って笑っとったわ。わたし思わず、ハルバアはカカの仏《ほとけ》さんまで食べるんか、欲《よく》ばりすぎやって言いかえしたったよ」

ヒサエは、ふと話を止めてカナエを見た。

「ねえ、カナちゃん見て。カカの好きな白アジサイが咲《さ》きはじめたけど、去年よりちょっと青くない？」

カナエは、ぱちんと手をたたいた。

「あー、やっぱりそっかぁ。わたしもそう思っとったのよ。白から青になってきたんや」

「お姉ちゃんも、あれぇて気づいたんやけどさ、色が変わってきたのは、カカの合図かもしれんね。もうトトカカのことは忘れてもええよ、ってサイン。そう思わへん？」

「うん。白はすこしさびしい色やでね。そろそろ前向きに、青空色になりんさい、いうことかもしれんね」

ふたりは薄青色《うすあおいろ》のアジサイを見つめた。

カナエは、（カカのうしろ姿はもう見られんようになるかもしれんなあ）と思いながら、手の甲《こう》で何度か目をこすった。ヒサエはそれを見つけ、立ちあがってくるりとうしろを向いた。姉として、カナエに涙《なみだ》は見せたくなかったものだから。

2　屋根の上のホシミスト

カナエがはじめて星に興味《きょうみ》をもったのは、両親が亡《な》くなる一年前のことだった。トトとカカが、家から歩いて一〇分ほどの里山《さとやま》のふもとにある、瑞岸寺《ずいがんじ》で開かれる星祭りにカナエを連れていってくれたのがきっかけだった。

このお寺では、毎年三月一日、北極星《ほっきょくせい》にお供《そな》え物と祈《いの》りをささげるお祭りが開かれる。夜空を巨大《きょだい》な円盤《えんばん》に見立てると、北極星《ほっきょくせい》はいつもその中心にいて、ほかの星たちがまわりを回っている。いつ見てもまんなかにいるこの星は、なにかとくべつなものであると、人びとは感じてきた。中国では何千年も前から、北極星《ほっきょくせい》を妙見《みょうけん》という名の仏《ほとけ》さまとして信仰《しんこう》している。おなじように日本でも、この星は多くの人びとの祈《いの》りの気持ちを集めてきたのである。

ふつう星祭りといえば、七月七日の七夕《たなばた》祭りがよく知られている。織姫星《おりひめぼし》と彦星《ひこぼし》が、天の川をはさんで年に一度のデートをする——そんな古い言い伝えからきた星祭りだ。

三月一日、瑞岸寺《ずいがんじ》では町の人たちや子どもたちに呼《よ》びかけて、北極星《ほっきょくせい》がとくべつな星であることを教え、集まった人びとの健康と幸福を祈《いの》る。

四歳《さい》になったばかりのカナエは、その年の参加者のなかでいちばんの年下だった。おかげで、まわりのおとなたちに「ちっちゃいのにえらいねえ」、「寒いのにようおいでんさった」などとおだてられ、いい気分になった。

ご住職《じゅうしょく》のお説教《せっきょう》やお経《きょう》は、さっぱりわからないままだったが、その日、夜空と星に興味《きょうみ》が湧《わ》いてきたのは、おとなたちにたくさんほめられたせいだったのかもしれない。

ちなみに、トトがカカとはじめて星祭りを見にきたのは、ヒサエが生まれるちょっと前のことになる。カカは星にはあまり関心がなかったけれど、瑞岸寺《ずいがんじ》には円空仏《えんくうぶつ》が三体安置《あんち》されているときいて、仏《ほとけ》に会いに行きたくなったのだった。

円空仏《えんくうぶつ》とは、いまから四〇〇年ほど前、岐阜県《ぎふけん》の美濃《みの》で生まれた円空《えんくう》というお坊《ぼう》さんが修《しゅ》業《ぎょう》のために彫《ほ》った木の仏像《ぶつぞう》である。荒《あら》っぽい削《けず》り方なのに、やさしくほほえんでいる表情《ひょうじょう》が、見る人の心を温かくしてくれる。

いちばん簡単《かんたん》なものになると、木の切《き》れはしに「ニ」の字をふたつ左右に並《なら》べ、そのまんなかに「ノ」の字を、その下に「一」を彫《ほ》っただけの簡単《かんたん》なものもある。

こんなふうに、単純《たんじゅん》に目鼻だけを彫《ほ》ったおもちゃのような仏《ほとけ》さまが円空仏《えんくうぶつ》の特徴《とくちょう》で、「木《こ》っ端仏《ぱぶつ》」とも呼《よ》ばれる。じっさい飛騨《ひだ》には、村の子どもたちが円空《えんくう》の木仏《きぶつ》を人形遊びに使っていたというエピソードが、いくつも残っている。

いままでに、全国各地の神社やお寺で見つかった円空仏《えんくうぶつ》は数千体にもなる。とくに飛騨《ひだ》は円《えん》空《くう》が修業《しゅぎょう》した土地でもあり、多くのお寺で本物に会うことができる。

カカは高校生のころ、飛騨高山《ひだたかやま》の千光寺《せんこうじ》ではじめて円空仏《えんくうぶつ》に出会った。このお寺は円空《えんくう》が何年か滞在《たいざい》したお寺で、現在《げんざい》も約六〇体の木仏《きぶつ》が残されている。カカはやさしく笑っている木仏《きぶつ》たちを見て、すっかりファンになった。そうして、家のそばの瑞岸寺《ずいがんじ》におなじ円空《えんくう》の木仏《きぶつ》が三体安置《あんち》されていると知り、なんとしても会いに行こうと決めたのだった。

もうひとつ、お寺の裏庭《うらにわ》では純白《じゅんぱく》のカタクリが咲《さ》くとハルバアに教えられ、カカの気持ちはさらに動いた。カタクリの花の色はふつう薄紫《うすむらさき》で、白いのはめずらしいという。

小さなカナエとトトカカの三人で出かけた星祭りの日、カタクリはまだ、まっ白いろうそくのようなつぼみのままだった。花が開くまで、あと一週間以上は待つ必要があった。けれどもカカは、開く前のつぼみの純白《じゅんぱく》を観察できただけで満足げだった。

「カカはあいかわらず、空を見ずに円空《えんくう》さんと花ばっか見とる」

トトがそう言ったのも無理はない。

なにしろその夜は星祭り。妙見《みょうけん》さんと呼《よ》んで、仏《ほとけ》のなかまのように親しんできた北極星《ほっきょくせい》のお祭り。それなのに、空も見ないで地上の花と木仏《きぶつ》をながめ、おまけにお坊《ぼう》さんのお説教《せっきょう》の時間にはすうすう眠《ねむ》ってしまうなんて、カカはちょっと自由すぎるではないか。

でもトトはといえば、そういうカカのことをよくわかっているのだった。

「まあ、カタクリも地面で光る星のようなものかもしれんでなぁ。それに、おまえらのおじいちゃんが教えてくれた、わが家《や》の言い伝えいうのがあってな」

カナエとヒサエは、それについて何度かきいたことがある。言い伝えでは、家の裏山《うらやま》に咲《さ》くカタクリは、ここらへんで死んだ侍《さむらい》たちのお弔《とむら》いの花だから、「見たら手を合わせてやりなさい」というのである。

早い春の朝、カタクリの花は下向きに開く。それが日の光を受ける時間になると、花弁《かべん》はそのまま、六枚《まい》の花びらの先っぽだけが一八〇度向きを変えて空を向く。そのようすは、ちょうど侍《さむらい》たちのかぶる兜《かぶと》の飾《かざ》りにも見える。

「何百何千ていう侍《さむらい》の魂《たましい》が、年に一回、兜姿《かぶとすがた》で現《あらわ》れるから手を合わせてあげよう、いう教えやな。そう思うと、カタクリがよけいかわいらしゅう見えるやろ」

トトがふたりに言った。

「そうやね。花が、くるんと上向きなるのがかわいいって思うな」

「かわいいのと、かわいそうなのと、ふたつの気持ちになるわね」

トトの言葉に、カナエは小学生らしく、ヒサエはすこしおとなっぽく答えた。

カタクリについて、ふたりはトトからこんな悲しい話もきいたことがある。

カナエたちが暮《く》らすこのあたりは、遠い昔から北と南――越中富山《えっちゅうとやま》と、尾張《おわり》名古屋や京都などを結ぶたいせつな街道筋《かいどうすじ》でもあった。

道があれば物が運ばれ、物が動けば金銭《きんせん》が動き、人間の欲《よく》まで行ったりきたりしはじめる。そうしてたくさんの時間が流れ、たくさんの戦《いくさ》も起きた。その証拠《しょうこ》に、当時作られたお城の名残《なごり》が、いまも飛騨《ひだ》のあちこちの山に埋《う》もれている。

何百年とつづいた戦《いくさ》の時代に、たくさんの侍《さむらい》たちが死に、その魂《たましい》が生まれ変わってカタクリになったという昔話が、いつのまにかヒサエたちの家の言い伝えになったのだろう。

＊

「屋根の上で星を見いへんか？」

トトがはじめてカナエを誘《さそ》ったのは、星祭りに行ってからしばらくたったある日の夕方のことだった。夕ごはんを食べたあと、ふたりで玄関《げんかん》の横に立てかけたはしごをあがると、南向きの屋根に空気マットが二枚《まい》と、その上に寝袋《ねぶくろ》が並《なら》べてある。

「これ、トトが用意したの？　ここに寝《ね》て空を見るん？」

「そうや。カナエは星祭りに行って喜《よろこ》んどったやろ。あんなにうれしいんやったら、いっしょに星を見ようか思ってな」

「おもしろそう。けど、カカといっしょのほうがええんちがうの？」

「あかん、あれはあんまり興味《きょうみ》ないらしいでな。瑞岸寺《ずいがんじ》へ行っても、空見るんやなしに地べたの花ばっか見よるで」

「ふふ。カカはお花大好きジンやもん、仕方ないわ」

「おい、カナエもジンてなにか、わかるようになったか」

「うん、ジンは人間のことやろ。ええジンはええ人のこと。なんかすてきな言い方にきこえるよ」

「ほうか。よしよし、やっぱりカナエのほうが、つき合ってくれそうな気がしとったよ」

「星見るの、楽しそうやもん」

「ホシミストってわかるか。星見るの好きなジンのこと、そう呼《よ》ぶんや」

「へえ、かわいいね。今夜はちょっと寒いけど、わたしもホシミストになろかな」

空気マットの上の寝袋《ねぶくろ》は、風船のようにふっくらしていて温かそうだ。天気予報《よほう》によると、気温は〇度《ど》までさがり、三月にしてはかなり冷《ひ》えこむという。カナエは、期待と寒さで体がふるえるのを抑《おさ》えながら、寝袋《ねぶくろ》から顔だけ出してトトと並《なら》んで夜空を見あげた。

地上の光がすくない飛騨《ひだ》の夜空には、都会の何倍もの星が出る。寒い時期はとくべつ空気が澄《す》みわたり、ほかの季節には見えなかった星も現れて、空全体がふわーっと光って見えるほどである。

カナエは、あらためて天の川の長さと大きさに驚《おどろ》いた。見あげるだけでは、天の川は視野《しや》からはみ出てしまう。視線《しせん》を上下にふってもまだその先がある。しばらくは、じーっと見つめるばかりで声も出ない。興奮《こうふん》したまま数分すぎるうちに、カナエは流れのまんなかに、深い谷間のような黒い割《わ》れ目《め》がいくつもあることに気づいた。

「ねえ、天の川いう流れがあるいうことはわかったけど、あの黒いとこは川とちがって谷みたいやね」

「あれか、あそこにも星はあるけど、暗すぎて見えんだけ。たしかになんか深い淵《ふち》みたいやな」

「川なら深い淵《ふち》もあるよ。宮川《みやがわ》にもあるくらいやもん」

「天の川はな、英語ではミルキーウェイとも言うんや」

「え、ミルキー？」

「そう、ミルクみたいに白い流れやからね」

「ふうーん。天の川は古っぽいけど、ミルキーウェイならかっこええわ」

その夜の興奮《こうふん》が忘《わす》れられず、カナエは気温が低い日でも、トトといっしょに二時間、三時間と夜空を見あげるようになった。空の高いところから下を見おろせば、寝袋姿《ねぶくろすがた》のふたりは、ちょうど親子のミノムシがなかよく並《なら》んでいるように見えたことだろう。

いっぽうカカはといえば、屋根にはあがらず、カナエといろいろな本を読む時間をたいせつにしていた。カナエはいろいろある本のなかでも、さし絵入りの『ピノキオ』がお気に入りだった。

心やさしいゼペットじいさんが、ふしぎな丸太《まるた》ん棒《ぼう》をもらう。その丸太は、たたけば「痛《いた》い」と泣くし、皮をけずれば「くすぐったい」とあばれる。おじいさんはそれを彫《ほ》って人形を作り、ピノキオと名づける。いたずらっ子でなまけ者のピノキオは、おじいさんをさんざん困《こま》らせながらいろいろな試練《しれん》を経験《けいけん》し、やがてりっぱな人間の子どもになる――そんな成長物語である。

カカは、カナエといっしょにはじめて『ピノキオ』を読んだとき、しゃべる木が出てきたところで目を丸くした。

「あれまあ、外国にも言葉がわかる木のお話があるんやねえ。カカの好きなエンクさんも、『木のなかには命《いのち》がある。それが見えるように外に出してやる』いう気持ちで彫《ほ》ったんやそうや。おんなじよ」

「あ、カカの好きな木彫《きぼ》りの仏《ほとけ》さんのことね」

「エンクさんが遠い国の童話と似《に》とるなんて、こりゃうれしいね」

エンクさんとは、円空仏《えんくうぶつ》が身近にある土地の人たちの使う愛称《あいしょう》である。カカは、外国の童話に、大好きな木仏《きぶつ》の姿《すがた》を重ねて笑顔《えがお》になった。

「カカは、もしピノキオがここにおったら拝《おが》むん?」

カナエはまじめにきいた。

「ははは、それはどうやろ。ピノキオは外国人やし、鼻も高すぎるで拝《おが》む気にはなれんねぇ」

「ふふふ、ちがうもんね。けどさ、両方とも木のなかの魂《たましい》が出てくる話やろ。そこんとこ、おもしろいね」

「木にも命がある――そう思う人が外国にもおるんやね」

「ハルバアも、木がお話しするって言っとったよ」

「うん。ほんとに木も花もお話しするんや。カタクリでもなんでも、声かけてやったら喜《よろこ》んで、色がきれいになったりするからね」

「ふーん。わたし、まだ声かけたことないんでわからんけど」

「やってみ。そのうち返事してくれるようになるで」

こうしてピノキオは、カカの好きな木彫《きぼ》りの仏《ほとけ》さまの姿《すがた》と重なって、カナエの記憶《きおく》に一枚《いちまい》の絵になって残った。

ヒサエが、ピノキオ物語を知ったのは、中学二年のときだった。小さなカナエから、カカとのそんなやりとりをきかされて、気になったヒサエはそっと図書館へ行って物語を読んでみた。けれども、ピノキオの鼻がツンとしていて、悪いことをするたびに伸《の》びるという設定《せってい》だけが印象《いんしょう》に残った。ヒサエは以前からじぶんの鼻がちょっと高めで、スズメのくちばしのように見えることを気にしていた。じっさいには気にするほどでもなく、カナエは「お姉ちゃんの鼻は高くてええな」と思っていたくらいなのに、本人にとってはそれがいちばんの悩《なや》みのタネだったのである。

＊

カナエが七歳《さい》になった冬のよく晴れた夜、はじめてふたりは空気マットを屋根に広げ、並《なら》んで空を見あげることにした。飛騨《ひだ》の夜空が、二匹《にひき》のミノムシを歓迎《かんげい》するかのように美しくさえわたっている。カナエは、じぶんの使っていた寝袋《ねぶくろ》をヒサエにさしだした。

「わたしの寝袋《ねぶくろ》、お姉ちゃんにあげるね。トトのはわたしに使わせてよ。トトの匂《にお》いがするからさ」

「そうやったの……」

トトの匂《にお》いというのは、整髪料《せいはつりょう》のことである。

ヒサエが見たアメリカ映画《えいが》にこんな場面があった——主人公の少年が、仕事のつごうでなかなか家に帰ってこない父親を慕《した》って、残っていたシャツの匂《にお》いをたしかめる。とてもかわいい場面で、ヒサエが説明するとカナエはすぐ笑顔《えがお》で反応《はんのう》した。

「あ、わたしもトトの髪《かみ》の匂《にお》い、わかる。お風呂《ふろ》あがると、トトいつもそれを頭にふりかけとったもん」

「そうそう、たしかにね。シーウィンドいうブランドよ。海の風いう意味」

もちろんヒサエにも、その匂《にお》いはすぐわかる。ほんのりハッカのまじったさわやかな香《かお》り——ヒサエはそれをかぐだけで、胸《むね》がつまりそうにさびしくなる。ところがカナエは逆《ぎゃく》に、それに抱《だ》かれていたいようなのだ。そんなカナエに、ヒサエはほっと胸《むね》をなでおろした。

「カナちゃんは、トトに星のこと、いっぱい教えてもらったんでしょう」

「うん。これからはお姉ちゃんに教えたげるよ」

星座《せいざ》を見なれているカナエは、用意しておいた星探《さが》し用のレーザーライトを夜空へ向けた。北斗七星《ほくとしちせい》の柄杓《ひしゃく》を見つけ、先っぽのふたつの星を示《しめ》す。光の軸《じく》は糸のように細いけれど強力で、まるで星の近くまで届《とど》いているように見える。おかげでその光を追いかければ、たくさんある星のなかから、めざす星が浮《う》きあがって見えるようになるのだ。

「ふうーん、こうやって見つけるんや。わかりやすいね」

「でしょう」

「うん、これなら楽しいよ。なんか、遠くの友だちが増えたみたい」

カナエは、ライトを北斗七星《ほくとしちせい》の方向に向けた。

「トトはカカにね、この空を散歩するからついておいでって言っとるのよ。ほら、トトが先頭でカカはあとから、ふたりで北極星に向かって歩いとる。トトカカの距離《きょり》の七倍先に北極星の妙見《みょうけん》さんがおるでしょう。見つけにくいけど、ライトで教えるから」

「あ、わかったわかった、あれね」

「そう、これが北極星」

「カナちゃんには、トトとカカがいっしょに歩いとるように見えるんや。そうかもしれんね」

ヒサエは思いだした。おしゃべりなカカの言いつけを、トトがはいはいとよくきいていたのを。

「また戻《もど》るよ――あの柄杓《ひしゃく》のいちばん先がカカ、その下がトト。うちでは、だいたいカカのほうがえらかったでしょう。それでトトはいまも下におるんや。でも、トトが上に行くこともある。なかよしやったから、先になったりあとになったりね」

「そうやったよね」

「トトカカは、いっしょにおるでしょ。けど、今夜《こんや》はお姉ちゃんがとなりにいて、あっちから見たら、わたしらがきょうだいミノムシみたいやよ、きっと」

カナエは両親の笑顔《えがお》を思いだした。きらきら光るふたつの星がこちらに向かって笑っているように見えたり、なにかしゃべっているように感じられたりする。

妹にうそをつきながら、ヒサエの楽しみも増えた。なにしろふたりで夜空を見あげていると、カナエの純粋《じゅんすい》さがせつないほどに伝わってきて、トトカカもそれを喜《よろこ》んでいるように感じられるから。

つぎの日、ヒサエは、きょうだいふたりで夜空を見たことを、ハルバアに話した。

「そりゃよかったねえ。あれから二年以上もたったんかのう」

「そうよ。わたしらもずっと元気になってきたって思うよ」

「よかったよかった。こういうことには時間もかかるでな。ようやっと時薬《ときぐすり》が効《き》いてきたんやね。ありがたいことや」

「え？　それ、なんのこと」

「それはな、時間のことや。時のたつことが薬になる。薬が効《き》いてくりゃ、心んなかの波風《なみかぜ》はおさまってくる」

「あーそうか、時間が薬になるんやね」

「そうや。世のなかにはいろんな薬があってな。飲む薬、貼《は》る薬、注射《ちゅうしゃ》する薬のほかに、「待つ薬」――つまり時のたつのを待つうちに効《き》いてくる薬もある。それが時薬《ときぐすり》やでね。効《き》くまでに時間はいちばんかかるけど、よう治《なお》るでのう」

ヒサエは、いいこと言うなぁ、という表情《ひょうじょう》でうなずいた。

3 おとなへの階段《かいだん》

一〇歳《さい》というのは、そろそろおとなへの階段《かいだん》が見えてくる年齢《ねんれい》である。

その日カナエは、とつぜん同級生たちがじぶんよりうんと小さい子どものように見えてしまうという、ふしぎな体験をした。彼《かれ》らは昼休みの教室に残って、秘密《ひみつ》めいたひそひそ話をしていた。カナエはそれを廊下《ろうか》で立ちぎきしてしまったのだ。

「カナエってな、お父ちゃんとお母ちゃんが死んだいうこと、まんだわかっとらんらしいぞ」

「そうそう。ほれ、カナエの近所に住んどる髪《かみ》の毛《け》まっ白のハルバア。あれとカナエのお姉ちゃんのふたりでな、交通事故《じこ》で死んだ親は遠い旅に出とるってうそこいて、カナエが傷《きず》つかんようにしたんやと」

「へえー。けど、なんでおめぇがそんなこと知っとるんや」

「おれんとこのお母ちゃん、ハルバアと友だちでな。こないだ、うちでとれた枝豆《えだまめ》をお福分《ふくわ》けでもってってったら、ハルバアがみやげ話に教えてくれたんやって。カナエは、その作り話を信じて夜空を見るんやと。お母ちゃんが言うにはな、あの子はほんとに健気《けなげ》やで、おまえも、あの子のあいう穢《けがれ》のないとこをよう見習えよ、やってさ」

「ケガレ？　なんやそれ？」

「わからん。よごれていない人、みたいな意味やろな」

けれども、カナエはそんなひそひそ話にも、あまり驚《おどろ》きはしなかった。前からなんとなくそうではないかと感じていたことが、（やはりそうやったのか）になっただけ。そして、（わたしを悲しませないようにするために、ハルバアとお姉ちゃんがうそをついとったんや）と、はっきり理解《りかい》したのである。

なぜうそをついたのか、ということより、じぶんのことを思ってくれていたふたりの顔が、ふたつの灯《あかり》になってカナエの心を照らした。その灯《あかり》の温かさを感じるにつけても、ふたりのうそはとてもありがたいものだということがわかってくる。

カナエの頭にひらめいたことがあった。

（そうや。わたしがうそに気がついたことは、まだ秘密《ひみつ》にしておこう）。

カナエが教室でひそひそ話をきいた日、ヒサエは中学の同窓会《どうそうかい》に出席するので遅《おそ》くなると言って出かけた。

カナエはひとりで屋根にあがって、北斗七星《ほくとしちせい》を見ることにした。五月にしてはめずらしく晴れていて、北斗七星《ほくとしちせい》のはしのふたつ星がよく見える。ところが、以前と変わらずそれがトトカカのように見える――はっきりうそだとわかったはずなのに。

(ふしぎやな。うそのはずなのに、なんでかなあ、わたしがまだ子どもやから? なんでまだあそこに、ふたりが見えるんかな?)。

カナエは、子どものままのじぶんと、ちょっとおとなになったじぶんを感じながら、夜空に浮かぶ三日月を見つめた。

その日以来、カナエにはまわりの風景がすこしちがって見えるようになった。たとえば、お姉ちゃんが息の止まるほど強く抱《だ》きしめてくれるのは、トトカカの命日《めいにち》と気づいたのも、以前より敏感《びんかん》になったおかげだと言える。

五月一五日。毎年その日だけ、お姉ちゃんはカナエをぎゅっと強く抱《だ》きしめてくれる。去年まではわからなかったけれど、一〇歳《さい》のその日はとくべつだった。カナエはほっぺたをたたかれたように、(あ、このぎゅー、前にもあったな)と気づいた。

「お姉ちゃん、毎年ハグしてくれるんやね」

「いままで気がつかんかったの? ようやっとわかったわね。そうや、トトカカが旅に出て、カナエも大きくなって、いろんなことがわかるようになったもんね。お姉ちゃんやって、もう二〇歳《さい》すぎたしさ」

「わたしもね、背《せ》が伸《の》びただけやなしに、心んなかまで広うなったような気がするよ」

「心が広なった、か。そうやわ。いままでのハグの意味も、遠い旅の話も、ようやくわかってくれて、お姉ちゃんうれしい」

ヒサエは、両手をカナエの肩《かた》に置いて言いながら、大学へ行かないで妹のそばにいられるしあわせを思った。

*

じつは、ヒサエがじぶんより先に妹のことを気にするようになったのは、カカのうしろ姿《すがた》から学んだものだった。もうずいぶん前——中学二年になった秋のある日、ヒサエはカカに対して、いままでにない強い言葉をぶつけたことがあった。

「わたしが、おなかへらして学校から帰ってきても、カカは娘《むすめ》を放ったらかしで家におらんかったね。なんでじぶんの娘《むすめ》にそんなに冷たいの？　今日だけやない、なんべんもそういうことあったよ」

「ごめん。エミんとこへ出かけて、チビたちの夕食の用意しとったもんでね」

エミさんというのは、となり町に住んでいるカカの妹である。数年前にご主人を病気でなくし、ひとり身でふたりの男子小学生を育てているが、じぶんも心臓病《しんぞうびょう》を抱《かか》えていて、よくカカに助けを求めてくるのだ。

「わかっとるよ、エミおばちゃんのことはね。でも、呼《よ》ばれたらいつだってうちより先にあっちでしょう？」

「けどな、エミはここんとこ心臓《しんぞう》の調子が悪くて、寝《ね》こむこと多くてなぁ。腹《はら》すかしのチビふたり、夕食も用意したらなあかんのや。しょうがないのや」

「そんでも、うちのことがいつもあと回しになるのは、なんでやの？」

「ちがうよ。あんたらがいっとうだいじにきまっとる。でもね、あんたらはカカがなにをやっても、あたりまえやって思っとるでしょ。おばちゃんとこのチビたちは、ちゃんとありがとうって言ってくれるでね、小学生やのに。うちではありがとうって、きいたことないよ」

カカも、ヒサエの勢いに反発して、すこし強く言った。

「わたしらやって、ありがとうは思っとるよ。けど、いっしょうけんめい勉強やってきて、おなかぺこぺこで待っとる娘《むすめ》が、うちにもふたりおるのや。それはどう思うのよ？」

「カカがふたりおりゃ問題ないんやけどね。すこしは、がまんしてもらわんとな」

「ふたりおったらなんて、そんな嫌味《いやみ》言わんといてよ」

「こういうのが、カカの性分《しょうぶん》やもんでね。ごめんしてよ。それにカカも、毎日出かけとるわけやないがね。ちょっとだけ、がまんしてくれたらすむことやろ」

カカはそう言いながら、急いでカナエとヒサエにハムピラフを作っている。おばちゃんの家から戻《もど》ってきて、エプロンのひもを結ぶのも忘れたままだ。

「性分《しょうぶん》とか言って、逃《に》げんといて。おなかぺこぺこの娘《むすめ》が待っとるんや、ずるいよ」
二、三分すればピラフはできあがるのに、ヒサエの口からはきつい言葉がつぎつぎとびでてくる。三歳《さい》のカナエは、ふたりの言いあらそいのことがよくわからないまま、ただぽかんと見ているばかりだ。
「カカはねえ、だれかのお役に立っとればそれでええの。そこは、わかっといてよね。ごはん遅《おそ》くなったのはあやまるけど」

「いっつもそうやって、言葉であやまりゃおさまると思っとる。母親がそれでええの?」

赤い目をして、ヒサエに手を合わせるカカを見て、ヒサエは思わず泣きはじめた。

カナエの視線《しせん》がヒサエに集中する。

「ずるいよ、ずるいよ」

「わかったわ。そこまで言われるとはねえ。まあ、これからは放ったらかしにせんよう、気をつけるで」

つぎの言葉が見つからないまま、ふたりはだまってしまった。カカはだまってぽろぽろ涙《なみだ》をこぼしながら、できたピラフを皿に盛《も》りつけた。そのときヒサエには、とつぜんおばさんの家の夕食を作りに行くカカのうしろ姿《すがた》が浮《う》かんできた。

同時に、（もしわたしがカカの立場やったら）という思いも――（そうやわ。もしもカカがふたりいたとしたら、ひとりはエミさんちに走っていって、もうひとりはここでハムピラフ作ってたんや。カカはほんとにふたりぶん働きたかったんやな。わたし、おなか空《す》いとったもんで、きつい言い方してまったけど、ごめん、カカ）。

けれども、素直《すなお》にあやまることができない。ヒサエは、だまったままハムピラフをぱくぱく食べた。それに気づいたカカは、じぶんの皿のピラフを半分ほどヒサエの皿にさっと分けてやった。

「ありがと」

ヒサエが小さな声でこたえ、つぎにカナエが言った。

「お姉ちゃん、鼻の横にごはん粒《つぶ》つけとるよ」

「あ、ありがと」

「カカ、お湯のポットにエプロンのひもが引っかかっとる。倒《たお》れるとあぶないよ」

「あ、ありがと」

三人は、そのまま口もきかずにハムピラフを食べつづけた。

この日のことは、ふたりだけになってからよく話題になる。

「あのとき、お姉ちゃん、泣いてカカに向かってってたでしょう。わたしびっくりしたよ」

「おなか空《す》いとると、どうしてか、いつもよりよけい悲しいなるの。カナちゃん、そういうことない？　あの日もぺこぺこで、いまカカと口げんかしたら泣きそうって思いながら、でも止まらなかったんよねぇ」

「へえ、おなかが空《す》くと泣いたりするの？　おかしいね」

「そうなんや。カカには悪いことしちゃったのよ。だからカナちゃんが、鼻にごはんついとるって言ってくれて、ほっとして素直《すなお》にありがとって言えて、助かったわ」

「わたしも、なんか言わんとあかんなぁて思って。お姉ちゃんが、ごはん粒《つぶ》つけておもしろかったこととしゃべったの。あれでよかったんやね」

「そうよ、わたしもごめんなさい、いう顔になれたし。それに、カカも気持ちがおさまったみたいやしね」

「よかったね」

この話は、いつもふたりの笑顔《えがお》でおしまいになるのだった。

＊

毎年、春に開かれる授業《じゅぎょう》参観日が迫《せま》ってくると、カナエの緊張《きんちょう》は高まる。当日になると、気持ちはぴーんとまっすぐなのに、涙《なみだ》が教科書にぽとりと落ちたりもする。そんなときは、なるべく保護者席《ほごしゃせき》のほうを見ないようにして授業《じゅぎょう》に集中するしかない。おかげで、授業内容《じゅぎょうないよう》はしっかり頭に焼きつく。

たとえば前回の国語の授業《じゅぎょう》で習った漢字――銀河《ぎんが》のことはとてもはっきり頭に残っている。

先生は吉行覚《よしゆきさとる》。覚（おぼえる）という名前にしては忘《わす》れ物《もの》が多いというので、「ワスレ先生」というあだ名がついた。そのワスレ先生から、「川」の字は三本川《さんぼんがわ》ともいって、ゆるりと流れる「〜」の形が三本並《なら》ぶ絵柄《えがら》からできた文字であり、「サンズイの河《かわ》」は「川」よりもっと大きい流れのことだと教えられた。

「学校の近くの宮川《みやがわ》や高原川《たかはらがわ》は、サンボンガワだよね。そんなに大きくないからこれでええ。さあ、それじゃあもっとずーっと大きくて、サンズイのつくカワを知ってる人はいますか？」

先生の質問《しつもん》に、最初に手をあげたのはテルユキくんである。彼《かれ》は、いつもクラスでいちばん反応《はんのう》が早い。

「中国の黄河《こうが》」

「そうやな。黄河《こうが》は大きいでなあ。日本列島の長さはざっと三千キロあるけど、黄河《こうが》はその倍くらい長いもんね」

カナエは迷《まよ》いながら、思いきって右手の人差し指を高くあげた。

「いちばん大きいのは空の銀河《ぎんが》です。天《あま》の川《がわ》でもいいけど、わたしは銀河《ぎんが》のほうが好きです」

「おっ、そりゃあええね。この宇宙《うちゅう》でいちばんでっかい河《かわ》だ。あの広い夜の空を横切って流れる河《かわ》が、サンボンガワじゃかわいそうやもんな、カナエ。みんなもそう思うでしょう」

たくさんの拍手《はくしゅ》が教室を満たし、カナエは照れながら席に座《すわ》った。

授業参観《じゅぎょうさんかん》が終わるとすぐ、クラス全員で教室の後方を向いて一礼したあと、カナエは教室をとびだした。帰り道がおなじで、よくいっしょに帰る次郎太《じろうた》は、カナエのあとを追いかけて肩《かた》をぽんとたたいた。

「いっしょに帰ろ。今日は気持ちよかったな、いっつもえらそうなテルをしょぼんとさせて。カナ、すごいよ」

ジロータは、カナエをカナと呼《よ》ぶ。先生はカナエと呼《よ》び、ほかのみんなは「ちゃん」づけで呼《よ》ぶ。けれどもジロータは、親しみをこめて「カナ」を選んだ。カナエ自身もそう呼《よ》ばれると、ちょっぴりうれしい気分になる。

「そんなつもりはなかったよ。ただ、銀河《ぎんが》のことはみんなに知ってもらいたかったんでね」

「もちろん。みんなも賛成《さんせい》しとったさ」

「でもさ、わたしに気ぃ使っていっしょに帰らんでもええよ、ジロー。カナはだいじょうぶやで」

カナエは彼《かれ》をジローと呼《よ》ぶ。「太《た》」をつけたのはお父さんである。杉山《すぎやま》家の長男の太郎《たろう》は、次郎太《じろうた》が生まれる一年前に四歳《さい》で亡《な》くなった。そこで、太郎《たろう》の分まで長生きしてほしい、という願いをこめて「太《た》」が加えられたそうだ。ところが、それをきいてカナエはこう言った。

「さびしすぎるなあ。わたしはいやや。ただのジローって呼《よ》ぶ」

ジロータは、じぶんの名前を「いやや」と言われて、はじめはきょとんとした。けれども、たしかに「太《た》」のつく理由はさびしいと気づいて、カナエの意見にうなずいた。身近な人を亡《な》くした者どうしとして、そう呼《よ》ばれるほうが自然なように思えたのである。

「太《た》ぬきのジローか。ははは、わかったよ」

タヌキは、カナエも気づかなかった楽しい発見だった。

「ね、おもしろいでしょ」

　これがきっかけでふたりはなかよくなり、時間が合えばいっしょに帰るようになった。

「ほんとに、いっつも気にかけてくれんでもええのよ」

「まあええ、ほかに帰る道はないんやから」

「わたしより、お母さんといっしょに帰ってあげたらよかったのに」

「それはなし。だって、うるさいだけやもん」

「よっし。そしたら、ほめてくれたおかえしに、おもしろいもん見せたろうか。きれいやけどきたない、白いけど黒い、そんなふしぎなもんがあるんや」

「へえ、なんや、そんなおかしなもんて。よし、見

る見る」

カナエはいつもの帰り道をはずれて、山道《やまみち》を五分ほど登り、ジロータをゆるやかな傾斜《けいしゃ》のついた原っぱへ連れていった。そこは一面にクローバーが咲《さ》き、二頭の牛が、口をふにゃふにゃさせて緑の葉を食べている。

「ジロー、地面にあごつけて」

カナエは腹《はら》ばいになった。指差す先では高さ一〇センチ以上のクローバーの花が、円を描《えが》いている。それは、まるで白い花で飾《かざ》られた王冠《おうかん》のように見える。

「えー、王さまの冠《かんむり》みたいやないか」

「そうやろ、きれいやろ。けど、まんなかになにがあるか見てみ。これはね、カカがこんなふうに寝《ね》そべって教えてくれたんや」

ジロータは、冠《かんむり》のなかをのぞきこんで目を丸くした。

「……わあ、こうやったんか」

「……ね、こうやったんよ」

冠《かんむり》のまんなかには、こげ茶色のまんじゅうのように丸い牛糞《ぎゅうふん》がでーんと座《すわ》っている。まわりの花も葉も茎《くき》も、栄養たっぷりの肥料《ひりょう》のおかげで背《せ》が高く、とくに花の白はいちだんとあざやかに見える。ジロータは花を摘《つ》んで、匂《にお》いをかいだ。

「変なジロー、匂《にお》いはほかの花と変わらんよ」

「ちょっと、たしかめただけや。なんかこのクローバー、すごいきれいに見えるね。糞《ふん》が栄養《えいよう》になったとは思えんよ。カナ、おもしろいもん知っとるな」

「ふふ、そうでしょう。青いような匂《にお》いもちゃんとする」

「うん。草っぽいような」

カナエは、目を閉じて匂《にお》いをかいだ。

「カカが亡《な》くなってから、この花はカカの匂《にお》いがするって思うようになったの」

「そうなんや。ぼくにはこれ、カナの匂《にお》いみたいな気がするな」

「へえ……わたしの匂《にお》い？」

「そうや。うちのお母ちゃんは、ダイコンの漬《つ》けもんの匂《にお》いがするし、お姉ちゃんはニンニクや。美容《びよう》にええとか言ってよう食べるでな」

「ははは、食べもんばっか」

「でも、カナは花らしい匂《にお》い、甘《あま》くて」

「なんやら、くすぐったいよ」

「それにさ、花やら糞《ふん》やら、いろいろおもしろいこと教えてくれるし」

「そういや、ジローて、よう女子と遊ぶよね。平気なん?」

「うん。女子のほうが遊んどって楽しいしね。男だけのときには、まーず出てこんような遊びがおもしろいもん。ままごとだけは、ちょっと苦手《にがて》やけどな」

「ままごとは、もうとっくに卒業よ。けど女のなかまに男がひとり――みたいに言われてもええの?」

「かまわんよ。男子も見とるだけやなしに、いっしょに遊んだらええのに、そのほうがおもしろいのにって思うくらいや」

「かわっとるね、ジローは。女のなかまにっていうのは、いじめなんやけどね」

「え、いじめ?」

「そうや。男のくせに女とばっかりいっしょなんて変やって、からかっとる」

「ちがうよ。そのほうが楽しいってわかるから、うらやましがっとるんや」

「ほんとにそう思うの？」

「思う。あっちがおかしいよ、マジやぞ」

「そうか。気にならへんのや」

「みんな照れとるだけやないの。もったいないよね」

「ふふふ、もったいないか。ジローの考え、めずらしいよ」

「へえ、めずらしいかなぁ」

「そこがジローらしいのかもしれんけど」

「そうや。カナはわかってくれとる。だって、ぼくといっしょでも平気やもん」

「うん、それは言えるかな。わたしも気楽に話せるもんね」

「ははは、とにかく牛の糞《ふん》見せに連れてってくれる女の子なんて、カナくらいのもんやぞ。そう思うやろ」

「ふふ、そうやわ。でもね、わたしって、家んなかに長いことおると息がつまってまうの。そんなとき、えいやって外にとびだすんよ。それでこういうとこにくると、自然に気持ちが静かになるの。牛の糞《ふん》があっても花が咲《さ》いてて、そういうの見とるうちに息がゆっくりできるようになるんや。牛の糞《ふん》で安心するって、ちょっとおかしいけどね」

「たしかにな。けど、糞《ふん》は花を育てるし、だれかをなぐさめてくれるしで、ええとこもあるよ」

「そうね、糞《ふん》やからって無視《むし》したらあかんよね。ここの糞《ふん》と花で、わたしカカのこと思いだせるんやもん」

「あ、それでぼくも思いだした。カナ、病院にクローバーの花冠《はなかんむり》、お見舞《みま》いにもってきてくれたよね」

「うん、ジローの入院、長いことかかるってきいたから」

「そうか、病院でもらったのは糞《ふん》の花やったんか」

「ちがうよう」

「ははは、ごめん。でも忘《わす》れられんよなぁ。ぼくが二年生のとき、入院でほとんど休んまったやろ。そんなとき、カナが花冠《はなかんむり》もってきてくれたの、いまでもよう覚《おぼ》えとるよ。気持ちがしぼんどったから、ものすごーうれしかったもん。けどさ、あの花冠《はなかんむり》はこういうことやったんかって、いまわかったな。へえ、そうやったんや」

「ちがうんやて。あの花は別のとこで摘《つ》んだのよ。お見舞《みま》いに糞《ふん》の花もってくなんて、そんな失礼なことできんでしょ」

「そうやったんか。いやあ、もしそうでもよかったよ。きれいやったし、手作りってきいただけで、涙《なみだ》出るくらいうれしかったし」

「あ、泣いたんや」

「そ、白状《はくじょう》するとね。あとでちょっと涙《なみだ》こぼしたんや。ははは」

「泣かせてわるかったね。ふふふ」

ふたりの笑い声が、クローバー畑をとびかった。

「一年近くの入院はきつかったやろう。わたし、病室に入ったとき、ここはふつうの生活からうーんと離《はな》れたとこにあるんやって、ようわかったよ。ずっと薬の匂《にお》いのする部屋で寝《ね》とるのは、つらかったやろ。ようがまんできるなあ、ほんとにえらいなあって思ったわ」

ジロータの鼻の穴《あな》が、大きくふくらんだ。カナエの言葉が、胸《むね》にすとんと落ちたのである。

カナエはうれしくなって、思いきりの笑顔《えがお》で返事をした。

4　変な岩がいっぱい

つぎの日の放課後、ジロータはカナエを宮川《みやがわ》の川原へ誘《さそ》った。カナエが、クローバーの野原へ連れていってくれたお礼に、めずらしい物を見せるというのである。

「なぁに、なにがあるん?」

「すごく硬《かた》くて古ーい昔のもんで、めずらしーいもん」

「へえー。なんや知らん、おもしろそう」

ふたりは校門を出て、家へ帰るのとは逆方向《ぎゃくほうこう》へ五分ほど歩き、宮川《みやがわ》の土手の下へと向かった。目の前に濃《こ》い緑色の淵《ふち》があり、対岸の高さ二〇メートルほどの大きな岩壁《がんぺき》が水面《みなも》に映《うつ》っている。おだやかに静まりかえった淵《ふち》は、中央に向かって緑から濃紺《のうこん》に色を深め、その深い底《そこ》を隠《かく》している。

ジロータとカナエは、こぶし大《だい》の砂利《じゃり》で埋《う》まった川原へ出た。まわりにはもっと大きい、ひと抱《かか》えくらいもありそうな岩がごろごろ転がっている。ジロータは、目の前の一枚岩《いちまいいわ》を見あげて言った。

「あの岩の壁《かべ》もすごいやろ。けど、見せたかったのはこっち」

と言って、足元に転がる岩のひとつを指差した。

「えっ、この岩？」

「そうや。これが、そのめずらしーい岩なんや」

「ただの岩やん。どこがめずらしいん？」

「名前にちゃんと飛騨《ひだ》がついとる。飛騨《ひだ》の片麻岩《へんまがん》、いうめずらしい岩なんやぞ」

「飛騨《ひだ》の変な岩？」

「ちがうよ、飛騨片麻岩《ひだへんまがん》。だいたい三億《おく》年くらい前にできた古いもんらしいのや。カナ、三億《おく》年てわかる？　まんだ人間がこの地球に生まれるずっと前、恐竜《きょうりゅう》時代とおんなじくらいのころなんやぞ」

「へー。でも、どうしたらそんな古いもんやってわかるの？」

ジロータの鼻の穴《あな》がふくらんだ。うれしいときや、じぶんの得意《とくい》な話になると、つい出てしまうジロータのいつものくせだ。

「それはね、検査《けんさ》の技術《ぎじゅつ》が進んどってね、石の成分をこまかく分析《ぶんせき》すると、できた年代がわかるんや。学者が調べたとこでは、日本じゅう探《さが》してもこれ以上古いのはないらしいよ。それも地下の深いとこちがって、こんなふうに地上に出とるのは、もっとめずらしいんや」

「ちょっと待って。石の生まれた年がわかるって、つまり石のなかに成分のわかるタグみたいなもんが残っとるいうことね、きっと」

「なんや？　タグって」

「T《ティー》シャツとか服の裏側《うらがわ》に、ちっちゃな布《ぬの》が縫《ぬ》いつけられてるやろ。綿《めん》一〇〇パーセント、日本製《にほんせい》なんて書いてある、あれよ」

「あーわかった。まあ、岩にタグがついとるわけないけど、そんなようなもんや」

「そういえば、いぜんに飛騨《ひだ》のどっかで、ふるーい恐竜《きょうりゅう》の足跡《あしあと》が見つかったそうやね。となりの福井《ふくい》や富山《とやま》でも恐竜《きょうりゅう》の化石、よう見つかっとるし。あの化石もこまかい成分の分析《ぶんせき》でわかったんや」

「ぼくね、三年のときに入った科学部で、いっとうはじめに教えてもらったのが、いまここにある飛騨片麻岩《ひだへんまがん》のことなんや。こんな近くに、こんなものすごい古い、三億年も前にできた岩があるって、どきどきせえへんか。恐竜《きょうりゅう》の歩いとった時代やぞ。さわるだけでも、うれしなるやろ」

「この岩、波みたいな模様《もよう》がうねうねついとるね。でも、どきどきまではせんなぁ」

「ほんとに、飛騨片麻岩《ひだへんまがん》いうのはとくべつなんや。カナは、カミオカンデも知っとるよね。ノーベル賞もらった宇宙《うちゅう》研究所があるとこ」

「うん。神岡町《かみおか》にできた施設《しせつ》やから、カミオカンデにしたんやろ？」

「そう。ほんなら、なんで山奥《やまおく》の鉱山《こうざん》の跡《あと》に、ああいう新しい施設《しせつ》を作ったか、わかる？」

「それは知らん。ひょっとしたら、土地の値段《ねだん》が安いからかな？」

「ちがうね。あの鉱山《こうざん》のあったとこが、片麻岩《へんまがん》の山やったからなんや」

「え？　この岩とノーベル賞が関係あるいうことなの？」

「この岩は古いだけやなしに、ものすごう硬《かた》い岩でさ。その硬《かた》さがあるから、地下にカミオカンデみたいなでっかい施設《しせつ》作っても平気やったんや」

「でも、ようわからんね。なんでわざわざ硬《かた》い岩を掘《ほ》って施設《しせつ》作ったの？　そんなめんどくさいことせんでも、やわらかい場所のほうが簡単《かんたん》に掘《ほ》れるのに」

　ジローータの鼻が、またすこし大きくなる。

「硬《かた》い岩でないとあかん理由があるんやて。じゃあカナ、ニュートリノってわかる？」

「あ、それ、ホームルームでよう話すよ。ノーベル賞と関係あるんでしょ。けどわたし、あんまりわからんのよ。だいたいニュートリノってなに？」

「じゃあね、ちょっと宇宙《うちゅう》のことを想像《そうぞう》してみて。太陽の光やら、星がきらきらするのやら、いろんな光、光線てあるやろ。そのほかにも宇宙線《うちゅうせん》やら、いろんなもんが宇宙《うちゅう》から地球に降《ふ》ってきとる。そのなかにニュートリノいうのもあって、それはいまもそこらじゅう飛んどって、しかもぼくやカナの体をするする通り抜《ぬ》けとるんや」

「あら、そうなの。わたしも星は好きで、よう見るよ。でも、ニュートリノってここらを飛んどるような、そういうもんなの？　きいたことないよ。だいたいどこでも通っていけるなんて、ちょっと気味悪いなぁ」

カナエは、両手で胸《むね》を守るようにかくした。

「びっくりするかもしれんけど、その数がものすごいんや。一秒間に百兆個《ちょうこ》やぞ。そんなたくさんのニュートリノが飛んでるそうなんや。でもね、ちっちゃくていっさい悪さはせんからだいじょうぶ、安心して。ちっちゃいしスピードも速いんで、人間の体も地球もらくらくすり抜《ぬ》けて、あっという間に遠くへ行ってまうんやって」

「そう言われても、なんかこわいよ。ほんとに危険《きけん》やないの？」

「原子よりなによりずーっと小さいんで、平気。ちっちゃいつぶつぶで、粒子《りゅうし》いうやつ。小さいおかげで、どんな分厚《ぶあつ》いもんでも硬《かた》いもんでも、平気でさっと通りすぎてくんや」

「つぶつぶね」

「そうさ。どんなもんでも切ったり割《わ》ったりしていったら、どんどん小さくなるやろ。どんどん小さくして、顕微鏡《けんびきょう》で見るくらいまでこまかくして、もっときざんでいって、いちばん元になるもんのことを、素粒子《そりゅうし》いうんやな。それがいちばん小さいつぶつぶさ」

「米粒《こめつぶ》のツブね」

「そう。それがそこらじゅうを飛んどる」

「やっぱりこわいよ」

「気にせんでもええって。ほんとに悪いことは、なんにもできんのやから」

「こわいっていうより、ふしぎ、かな」

「けども、小さいのはつかまえるのがたいへんやろ。そこで学者は考えたんや。地面の深いとこの硬《かた》い岩盤《がんばん》、つまりこの飛騨片麻岩《ひだへんまがん》やな。そんな硬《かた》い岩盤《がんばん》なら、ほかの宇宙線《うちゅうせん》とか余計《よけい》なもんは入ってこれんけど、ニュートリノだけは飛んでくるかもしれん。そうや、ここでなら見つけることができそうや、つかまえるぞってね」

「ははあ、そうするとニュートリノって、たとえば忍者《にんじゃ》みたいなもんなんや。だれにも見えへんのに、どこにでも現《あらわ》れる。小粒《こつぶ》の忍者《にんじゃ》ね」

「そう考えると、わかりやすいかもしれんな。小粒《こつぶ》の忍者《にんじゃ》。うん、おもしろいね。そいつら、まさかこんな山んなかの洞穴《ほらあな》で観察されとるなんて思わんから、ゆだんして見つかってしまった。そういうことになるな」

「こんな地面の下まで飛んでくるようなのは、ニュートリノにまちがいないって、とうとうつかまえられたんやね」

「そのとおり。自由な忍者《にんじゃ》も、こんな山奥《やまおく》にすごい観測機械《かんそくきかい》があるとは知らなんだわけね。それで、ついにここで見つけられた」

「へえ、やっぱり学者が考えることってすごいね」

「ふつうの人より、うーんと考えが深いんや」

「考えも、それから地面からも深いってわけね。ふふ、すごいな」

「だんだんわかってきたやろう。岩盤《がんばん》が硬《かた》いから、重い設備《せつび》を入れても、がっちり支《ささ》えてくれる。もともと鉱山《こうざん》のために掘《ほ》った大きな穴《あな》もあるし、こんな都合のええ場所はほかにはない」

「そういうことなんや」

「もうひとつ。このへんにはきれいな湧《わ》き水《みず》もたっぷりあるから、それを何万トンもためれば、ニュートリノが水のなかを通るときには光ったり、なにか証拠《しょうこ》を残したりするはずや。それを見つけようってアイデアも出てきたんさ」

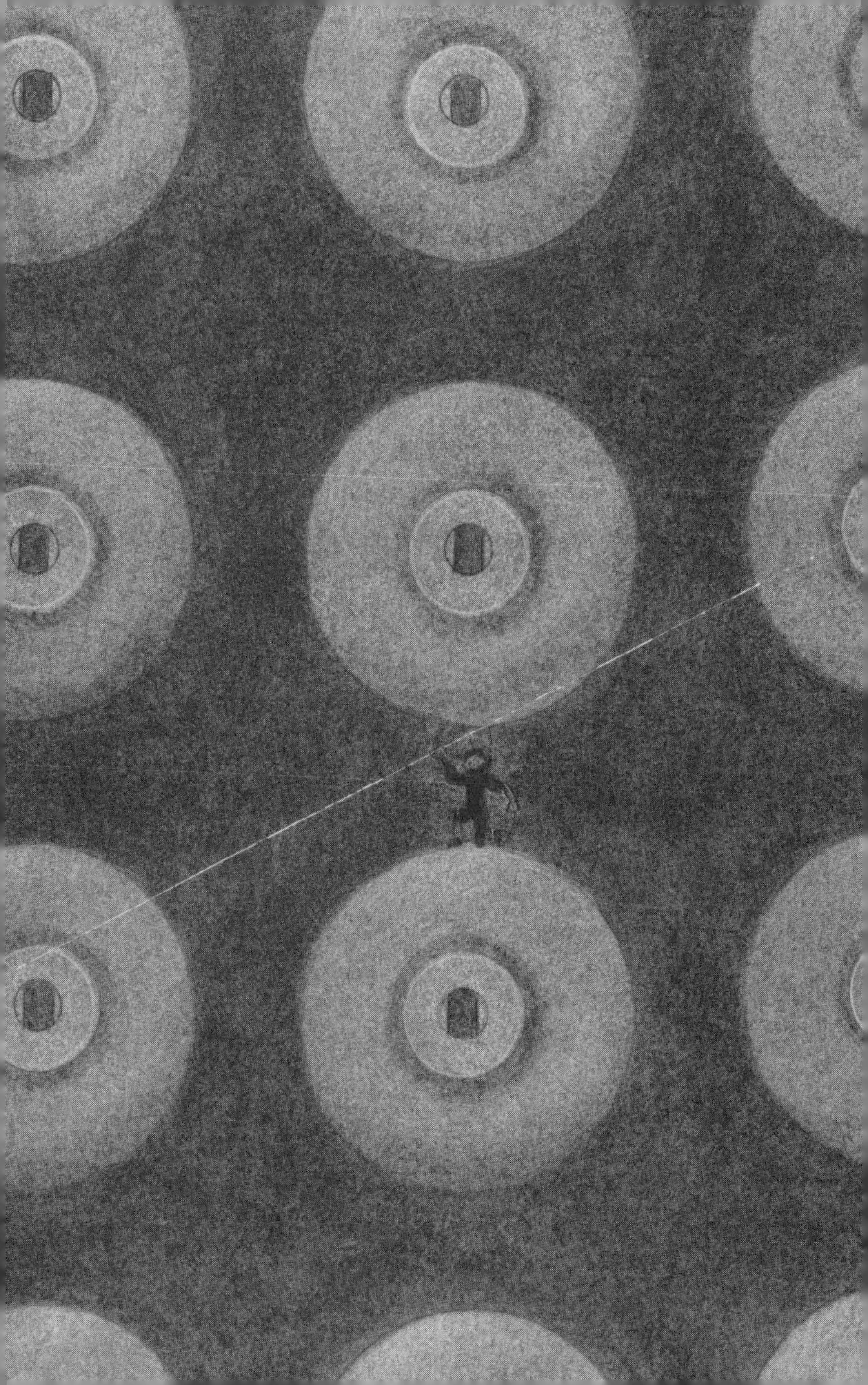

「そっかぁ。ジロー、よう知っとるねえ。いまので、わたしにもようやっとカミオカンデの研究の意味がわかってきたような気がするわ」

「カナが、ニュートリノは小粒《こつぶ》の忍者《にんじゃ》なんておもしろいこと言ったで、こむずかしいことがわかりやすうなったんや。それも発見やぞ」

「言われてみるとそうかな。なら、忍者《にんじゃ》では姿《すがた》が大きすぎるから、たとえば黒豆を想像《そうぞう》してみたらどう？　黒豆忍者《にんじゃ》のニュートリノ」

「黒豆か。それなら小さいし、もっとイメージが近《ちこ》うなるね」

「黒豆のつぶつぶ。ニュートリノのこと、もっとイメージできるね」

「うん、たしかに。いいねえ」

カナエは、うれしそうに体をくるりと一回転させて言った。

「ねえ！　わたし、このあたりにいっぱいニュートリノが飛びまわっとるって、認《みと》めることにするよ。すこしこわいけど、わくわくするし、ふしぎ感あるしね。このしわだらけの片麻岩《へんまがん》にしたって、どっかすごいパワーあるように見えてくるわ」

ジロータの鼻の穴《あな》が、また大きくふくらんでいる。

「ね、そうやろ。ぼくが言いたかったこと、わかってもらえるよね。この岩も、じぶんがノーベル賞もらったくらいに思っとるかもしれんで」

「えっー、岩もなにか思ったりするの？　心があるの？」

「へへっ、言葉は使えんけどな。だって、うちのお母ちゃんなんて、川原で気に入った石があると拾ってきては、庭の小さなお地蔵《じぞう》さんのまわりに並《なら》べとる。なんやら、しゃべる石としゃべらん石があるそうや」

「ハルバアもよう言うよ。山も木も水も、人間の知らん言葉で話しとるって。岩もおんなじかもしれんね。なにか話したい人とは、ちゃんと話しする。こっちにきく気がなかったら、話さへんていうことや」

「ハルバアのその話、知っとる。何度もきかされたし。木の話をききたかったら、幹《みき》に耳あてでみよって。けどね、そうやってみても、ざーとかじーとかいう雑音《ざつおん》ばっか。あれはね、風で葉っぱがこすれる音や。話し声はきこえんな」

「ううん、ちがうよ。わたしは、そういう音に木の声もまじっとるおもうよ。じわっと感じることあるもん。でもね、岩まで話しするとは思わなんだわ。だって生きもんやないでしょ」

「木が話しするいうのはたしかにおもしろいけど、ぼくら科学部はね、もっと冷静に研究したり分析《ぶんせき》したりせんとあかんのや。想像《そうぞう》だけやなしにね」

「ほう、そんなえらそうに言うんやったらなぁ、ちょっときくよ」

「えー？　ぼく、なんか変なこと言ったか？」

「ううん。そうやないよ。片麻岩《へんまがん》がだいじ、いうことはわかった。ニュートリノはちっちゃすぎてつかまえるのに苦労した、いうこともわかる。でもね、どうしてそんな見つけにくいもんを探《さが》すのよ？　見つけてどうするの？　そこんとこが、いちばんだいじでしょ」

ジロータの鼻の穴《あな》が、こんどはすこし小さくなった。

「そりゃ、ノーベル賞もらうほどの発見したからや」

「なんで？　賞もらったからすごいの？　そうやないでしょう。逆《ぎゃく》に、すごーい発見やで賞もらったのよね」

「カナ、痛《いた》いとこつくな。そう、正直そこがいっとうむずかしい問題なんや。ぼくにもそのへんが、まだね……」

「あれー、そのだいじなとこがわかっとらんの？」

カナエの勢《いきお》いに、ジロータの鼻の穴《あな》はもっと小さくなってしまった。

「先生が、ビッグバンとか宇宙《うちゅう》のはじまりの話をざっとしてくれたんやけど、あとはじぶんで答えを見つけるようにって、それ以上はおあずけになったんや」

ニュートリノの研究が、ノーベル賞をもらったのはどうしてか。ほんとうはジロータも、そこがいちばん知りたいところだ。カナエにずばり言われて、いちばんたいせつなところがよくわかっていないと、ジロータはあらためて気づかされ、だまるしかなかった。

＊

つぎの日の放課後、ジロータは学校図書館へ寄《よ》って、昨日《きのう》の疑問《ぎもん》を調べることにした。

けれども、入口近くに置かれたコンピュータで検索《けんさく》しても専門《せんもん》用語がつぎつぎに出てきて、肝心《かんじん》の「なぜニュートリノの発見がノーベル賞につながったのか」という疑問《ぎもん》の答えは見つからない。書庫へ行って何冊《なんさつ》かの本をめくっても、もっとわかりにくい迷路《めいろ》に入っていくばかりだ。

ジロータは一年間の入院生活で、ノートパソコンを買ってもらった。時間はたっぷりあったので、すぐ扱《あつか》い方を覚え、調べものからメールの送受信まで、入院中にかなりのことができるようになっていた。

なかでもいちばんうれしかったのは、インターネットを覚えたことだった。なによりもずっと速く、わからないことを教えてくれる。はじめのうちは、質問《しつもん》しても答えがいっぱい出てきて、どれが正しいのか、すぐには見わけがつかなかった。

たとえば、「宇宙《うちゅう》のはじまりはなんですか？」と質問《しつもん》すると、一秒もしないうちに五百万件《けん》近くの答えが出てくる。ジロータは、その情報《じょうほう》数の多さにびっくりした。

けれども、いろいろな見方や考え方を、あっという間に集めて並《なら》べてくれるのがおもしろくて、夜なかまでパソコンに没頭《ぼっとう》したこともある。ジロータは、パソコンを、命令にしたがってくれる「遊び友だち」だと思うことにした。

しかし、ニュートリノについては、それこそ忍者《にんじゃ》のごとくジロータの理解《りかい》をとび越《こ》え、どこかに隠《かく》れてしまうのだった。それに、小学生には宇宙《うちゅう》の大きななぞを知るのは、まだ無理なのかもしれないという不安もある。

じつは何日か前の昼休み、カナエから変《へん》な質問《しつもん》をされたことをきっかけに、ジロータの中で別の不安が大きくふくらんでいた。

「ねえ。ジローは、だれか女の子を好きになったことある？」

「そんなもん、……ないよ」

「そんなもん、なんて言わんといてよ。だれかを好きになるのは、わたしらの年ごろやったらあたりまえよ」

「そらまぁわかるけど……女子のこと、あんまり意識《いしき》しとらんもん」

「ふうーん、そうなんや。まだまだ子どもね」

カナエがすこし近づいて、探《さぐ》るようにジロータを見た。

「そんな目で見たらあかんよ。困《こま》ってまうやないか。まだまだ子ども、いうのも失礼やぞ」

そう言いながら、カナエの目を見かえすうちに、ジロータは妙《みょう》な気持ちになった。ちょっぴりどきどきするような、太陽を見てまぶしく感じるときのような。

(あれ？　これってカナエを意識《いしき》しとる、いうことなのかな)。

はじめてジロータはそんなふうに思った。ある日とつぜん、いつもそばにいる人が別人《べつじん》のように見えてくる。この年齢《ねんれい》では、だれもがよく経験《けいけん》することである。

(明日の朝、とつぜんなにかがわかるようになるかもしれんぞ)。

ジロータは、かってに想像《そうぞう》した。けれども現実《げんじつ》はそう甘《あま》くはない。つぎの日もなにも変わりのないまま、いつもとおなじ日になってすぎていった。

＊

ジロータは、ニュートリノについてもう一度たしかめようと、放課後にまた図書館へ行ってみた。受付でふと目にとまったのが、雑誌《ざっし》コーナーに置いてある科学雑誌《ざっし》『ガリレオ』の最新号である。ジローータは驚《おどろ》いた。表紙に、「特集・ニュートリノは宇宙線《うちゅうせん》ニンジャ！」と大きな文字が印刷《いんさつ》されているではないか。

なんと、カナエとおなじアイデアが使われている。

（カナの思いつきは、雑誌《ざっし》とおんなじくらいのレベル！　これはすごいや）。

うれしくなると同時に、編集部《へんしゅうぶ》にカナエのことを教えたら喜《よろこ》ばれるかもしれない、というひらめきが浮《う》かんだ。あわてて家に帰るとすぐ、ジローータは編集部《へんしゅうぶ》に宛《あ》ててメールを送った。

「ぼくたち宮川《みやがわ》小学校の科学部では、『ガリレオ』を毎月楽しみに読んでいます。メールを出したのは、このあいだ女子の友だちが、ニュートリノはたとえてみたら忍者《にんじゃ》みたいなものだ、と言ったからです。そのあと、『ガリレオ』の今回の特集のテーマに、おなじ「ニンジャ」という言葉が使われていたのでびっくりしました。そんな女友だちがいることを、お知らせします。それから、ニュートリノについて教えてください。その女子に「なぜ姿《すがた》が見えない物を調べるの？」と質問《しつもん》されたのですが、ぼくには答えられませんでした。ニュートリノのことがわかってきたら、なにがどうなるのでしょうか。それがどうしてもわかりません。同封の写真は、学校に近い天生峠《あもうとうげ》という場所です。天が生まれるという土地名は、全国でもほかにありません。

ぼくの家の近所に「歩く百科事典」のような物知りのおばあちゃんがいます。そのおばあちゃんにきいた話では、谷が深い分だけ空が高く見えるので、昔の人が「ここは天が生まれる場所」と想像《そうぞう》したのだそうです。ぼくも何度か行ったことがありますが、谷間から見あげる空はものすごく高くて、ほんとうにそんな気持ちになります。古い古い天生《あもう》と、新しいカミオカンデのある飛騨《ひだ》は、ぼくらの自慢《じまん》です」

それから、一週間ほどで返信が届《とど》いた。

「杉山次郎太《すぎやまじろうた》くん。連絡《れんらく》ありがとう。ちょうど『ガリレオ』の夏休み自由研究号で、あなたのだいじな質問《しつもん》に答えられる記事をまとめることになりました。編集部《へんしゅうぶ》は、その取材でカミオカンデなどを訪問《ほうもん》する予定です。よかったら、そちら飛騨《ひだ》で会いましょう。ついでに『ニュートリノは忍者《にんじゃ》だ』と言ったあなたの友だちにも会いたいですね。編集部《へんしゅうぶ》とおなじセンスをもっている友だちには興味《きょうみ》があります。それから天生《あもう》という地名にびっくり。ほんとにふしぎです。時間があれば、天が生まれる峠《とうげ》にも行ってみたいです」

返信には、「会いたい」とある。ジロータはうれしくなって、（よーし、これで疑問《ぎもん》はぜったい解《と》けるはずや。すぐカナにも教えよう）と鼻の穴《あな》を大きくした。

けれども、こんなチャンスができたことを、すぐ教えるのはもったいない気もする。そこで、ガリレオの編集部《へんしゅうぶ》の人が飛騨《ひだ》にくるというニュースは、当日までカナエにも科学部の部員にも秘密《ひみつ》にしておくことにした。

ところで『ガリレオ』の編集部員《へんしゅうぶいん》というのは、北川昇司《しょうじ》――カナエの姉ヒサエがそっと好意を寄《よ》せているショージさんである。

けれども、ジローータはまだそのことを知らない。

5　スペースドームからマメハウスへ

道の駅
スペースドーム
SPACE DOME

道の駅「スペースドーム」を元気にするために、カナエたちのおじさんにあたる駅長のケンさんは、カミオカンデの研究テーマや宇宙《うちゅう》の神秘《しんぴ》について、もっと多くの人にアピールしたいと思っている。

一般《いっぱん》の人が、カミオカンデや、そのあとに建設《けんせつ》されたスーパーカミオカンデを見ることができるチャンスは、そう多くない。せっかく近くまできた人たちを、ノーベル賞に輝《かがや》いた研究所について知らないまま帰らせてしまうのでは、あまりにもったいない。そこで、ケンさんは、あるアイデアを育てていた。

それは数年前の高校の文化祭で、ヒサエの書いた文字のパネルが評判《ひょうばん》になっているときいたとき、ひらめいたものだった。

ヒサエの書く文字は、とても個性的《こせいてき》だ。それはマル文字のようで、四こまマンガの吹《ふ》き出《だ》しの描《か》き文字のようなかわいらしさもあり、見た目は弱々《よわよわ》しいくせにどこか温かくて、見る人をほっこりさせる魅力《みりょく》をもっている。

もともと、ヒサエの文字の第一発見者はカナエだった。もう何年も前、小学校の入学式で、カナエはヒサエがくれた「入学おめでとう」のカードを見てびっくりした。その文字がマンガ本『小さな恋《こい》のものがたり』の描《か》き文字にとてもよく似《に》ていたからである。

その発見を、カナエはまずケンさんに伝えた。

「ねえねえきいて、ケンおじさん。カカの好きなマンガの文字が、お姉ちゃんの字にそっくりなんやよ」

そのころまだ六歳《さい》だったカナエがそう言うのをきいて、ケンさんの直感は確信《かくしん》になった。

「おっ、やっぱりそうか」

「なぁに、知っとったの？　そう、すんごいかわいい字なの」

カナエは、ヒサエの文字がマンガ本にそっくりなのを自慢《じまん》したくなり、ケンさんに説明をはじめた。それはカカが高校生のころから大好きなマンガで、何十冊《さつ》も出ているうちの三冊《さつ》をカナエにプレゼントしてくれたものだった。

カナエには、吹《ふ》き出《だ》しの描《か》き文字がみんな右を向いて、ちょこんとおじぎしているように見える。

入学式の日の夜、カナエはヒサエがくれた「おめでとうカード」のお礼を言った。

「お姉ちゃんの文字、かわいくって大好き。あれって、カカが好きやったマンガの文字によう似《に》とるんで、びっくりしたよ」

「あぁわかるわ。カカにも似《に》とるって言われたことあるもん。わたしもそのマンガ見たけど、たしかにそっくりや」

「そうでしょ。あのマンガ、なんかやさしい感じがするんやけど、そのわけがお姉ちゃんの字見てわかったの。すこしおじぎしてて、それがやさしく見えるのよ」

「え、おじぎ？」

「ほら、字がみんな右下がりになっとるでしょう。習字で書く文字は右上がりできれいかもしれんけど、お澄《す》ましで気どった感じ。でも右下がりはどっか恥《は》ずかしそうで親《した》しみがあって、わたしは好きやな。カードに書いてくれた文字も、お姉ちゃんのはあったかい感じがしてうれしかったもん」

「へえ、カナちゃん、お姉ちゃんの字見てそんなふうに思うんや。うん、そうかもしれん」

ヒサエは、妹へのエールのつもりで書いたカードが、そう受けとられていたことをうれしく思った。じっさいクラスメートにも、「ヒサエの文字、絵みたいで楽しい」とか「歌詞《かし》とか童話を、ヒサエの文字で読めたらおもしろそう」などと言われることがあった。

高一の秋の文化祭で、クラスに飾《かざ》るパネルについて話し合ったとき、ヒサエの文字のおもしろさを支持《しじ》するクラスメートが提案《ていあん》した。

「今年は、宮沢賢治《みやざわけんじ》の詩を中村さんの文字で書いてもらって、展示《てんじ》したらどうですか」

賛成《さんせい》多数で、ヒサエは縦《たて》一メートル、横二メートルのパネルに『雨ニモマケズ』を書いた。

思いきって大きく書かれた文字の評判《ひょうばん》はとてもよかった。そこでつぎの年も、カナエはクラスのみんなに推《お》されて、大好きな金子《かねこ》みすゞの『積もった雪』をもっと大きなパネルに書いた。

積もった雪

上の雪
さむかろな。
つめたい月がさしていて。

下の雪
重かろな。
何百人ものせていて。

中の雪
さみしかろな。

空も地面《じべた》もみえないで。

みすゞのパネルの前で、泣きだした一年生がいた。だれも気づかない「中の雪」を思い、やさしい言葉をなげかけたこの詩に感動したのだ。

もちろん詩の力は大きかったことだろう。それにも増《ま》して、美術《びじゅつ》の先生は、「詩のパネルから生《なま》の声がきこえてくるようだった」、「パソコンや活字文字とはちがうあったかさが感じられる」と、ヒサエの文字の説得力をほめてくれた。

＊

ケンさんは、カナエがじぶんのことのように力をこめて語ってくれたヒサエの文字のことを、うなずきながらじっくりきいた。カナエがもってきてくれた描《か》き文字の写真も、ケンさんの予想どおり多くの人に見せたいできだった。

つぎのスペースドームの休館日に、ケンさんはヒサエとカナエを家に呼《よ》んで、三人でいっしょに話し合うことにした。出てきたアイデアは「星見人《ホシミスト》ノート」にまとめる。「ホシミスト」は、もちろんケンさんがカナエからきいて気に入った言葉である。

ハルバアの助けも借りて、ノートにはもう何人かのホシミスト候補者《こうほしゃ》が名簿《めいぼ》に記入してある。世界じゅうのたくさんの詩人や作家が、星や月や宇宙《うちゅう》のことを作品にしていて、選ぶだけでもたいへんな作業になりそうだ。

宮沢賢治《みやざわけんじ》や金子みすゞはもちろん、中原中也《ちゅうや》、石川啄木《たくぼく》、ジュール・ヴェルヌ、サン＝テグジュペリなど、ケンさんの知らない名前もいくつか入っている。ヒサエには、宇宙《うちゅう》や星の詩、物語などに出てくる有名な一節を、文字パネルに描《えが》いてもらう。それをドームの展示会場《てんじかいじょう》に、天体写真といっしょに並《なら》べて鑑賞《かんしょう》してもらおうという構想《こうそう》である。

三人はみすゞの詩をスタートに、さまざまな空や宇宙《うちゅう》のイメージを広げていった。

ノートの言葉たちが、パネルになってスペースドームの展示《てんじ》コーナーに並《なら》ぶ。それを見ていけば、宇宙線《うちゅうせん》やカミオカンデ、ニュートリノなどといった、こちこちと固《かた》いイメージは、もっとやわらかくて親《した》しみやすいものになるだろう。

「ホシミストいう呼《よ》び名《な》は、ロマンチックでええよなぁ。ヒサエとカナエは、スペースドームが誇《ほこ》るサポーターやで、頼《たの》んだぞ。ここにオジキが選んだ中原中也《ちゅうや》の詩がある。ちょっと見てや」

ケンさんは楽しそうに言いながら、ふたりにノートを見せた。その一ページ目には、こんな詩がメモしてあった。
「なあ、ふたりで一行ずつ朗読《ろうどく》してみ。気持ちこめてな」

星とピエロ

何、あれはな、空に吊《つ》るした銀紙じゃよ
こう、ボール紙を剪《き》って、それに銀紙を張《は》る、
それを綱《あみ》か何かで、空に吊《つ》るし上げる、
するとそれが夜になって、空の奥《おく》であのように
光るのじゃ。分《わか》ったか、さもなけりゃ空にあんなものはないのじゃ

そりゃ学者共は、地球のほかにも地球があるなぞというが
そんなことはみんなウソじゃ、銀河系《ぎんがけい》なぞというのもあれは……

ヒサエは、詩を読みながら楽しくなってきた。星を見て、こんなふうに想像《そうぞう》する詩人もいるのだ。こんな詩が、じぶんの書いた文字で読まれていく。見る人が楽しく受けとってくれる。

なにか新しい世界が目の前に広がっていくような気がしてくる。（有名な詩人や小説家の詩や文章を、わたしが配達人になって、わたしの知らない人たちに伝える。どきどきわくわくやなあ。ケンさんは写真や絵も使いたいって言っとるから、すこし気持ちが軽くなったけれど、不安と楽しみが頭んなかを行ったりきたりや）。

*

夏休みになると、ハルバアのマメハウスには、朝から小学生を中心にいろいろな客が遊びにくる。子どもたちが楽しそうなのを見て、両親がついてきたり、ときにはお母さんに抱《だ》かれた赤ちゃんからお年寄《としよ》りまで、それはいろいろな年代の人が集まってくる。

大小いくつかの部屋にはマンガ、絵本、図鑑《ずかん》、物語などたくさんの本を種類ごとに分けた本《ほん》棚《だな》が用意され、子どもたちは好みに応《おう》じて部屋を選ぶ。それぞれの部屋にはおもちゃ箱が置かれていて、ハルバアが教師《きょうし》時代に集めた全国各地の郷土玩具《きょうどがんぐ》とか、子どもたちがもちこんだぬいぐるみやフィギュアなどがつめこまれている。ハルバアの夢《ゆめ》は、マメハウスを本とおもちゃのごちゃまぜテーマパークにすることである。

もうひとつ、マメハウスがにぎやかな理由は、毎週土曜日のランチ会にある。と言っても高級料理が食べられるということではない。そうではなくて、集まる人が作ってもち寄《よ》り、ふつうの気どらない家庭料理のあれこれがずらりと並《なら》ぶ。

近所の人たちが差し入れする手作りの食べ物を、みんなで分けあって楽しく食べる、そして楽しくしゃべる。こういう時間がどれほどたいせつなものか、ハルバアはよーく知っている。

マメハウスへ遊びにくるときの約束ごと——家で食べるおかずをもってくる。おかずはできるだけじぶんで作ってくるように。それがむずかしければ、お母さんに手伝ってもらうのはかまわない。作る時間がなければ手ぶらできてもいい。そのかわりにお茶をいれたり、終わったあとの洗《あら》い物をしたり、部屋掃除《そうじ》をしたりのおかえしをする——などのゆるやかな決まりをハルバアが書きだして壁《かべ》に張《は》った。

参加する人たちは、ほかの家のおかずを味見《あじみ》したり、おいしくて気に入れば作り方を教わり、レシピ泥棒《どろぼう》になって夕食の一品にしたりと、食べ物交流を楽しむ。

ごはんはハルバアが古い大きな鉄鍋《てつなべ》で炊《た》く。米炊《こめだ》きに使う水は、カナエがその日のために裏《うら》庭《にわ》の湧《わ》き水《みず》を運んでくる。ハルバアは、「カナエんちの水で炊《た》くと、ごはんがいちだんとおいしゅうなるでの」と言う。

お米は、ハルバアの教え子が何十年も飛騨《ひだ》で育ててきたコシヒカリ。収穫《しゅうかく》がすくないので、あまりたくさんは用意できない。けれどもあまくておいしいといつも大好評《だいこうひょう》で、まっ先にごはんがなくなってしまうこともある。

毎年、夏休みがはじまった翌日《よくじつ》に、マメハウスいちばんのイベント、ランチ会大型版《おおがたばん》のサマー会が開かれる。この日はすこし背伸《せの》びしたテーマを決めることになっていて、今回のテーマはジロータの提案《ていあん》した「クロマメ研究発表」。気どってつけた副題は「ニュートリノは黒豆忍《にん》者《じゃ》！　知ってる？」。

参加者はみんな、はがき大《だい》の厚紙《あつがみ》に名字《みょうじ》ではなく名前を書いて胸《むね》につける。マメハウスでは、おとな子どもの区別なしに、名前だけで呼《よ》び合える自由を楽しむ。おたがいに名前で呼《よ》び合うほうが早く親密《しんみつ》になれる、とハルバアは言うのである。

ジロータは、『ガリレオ』編集部《へんしゅうぶ》にメールを送って、今年《ことし》のサマー会について知らせた。科学部の友だちや「ニュートリノは黒豆忍者《にんじゃ》」と発言した女子にも、出席を頼《たの》んだこと。出席者は『ガリレオ』の読者が多いので、取材のお手伝いができるかもしれないことなど——書きながらジロータは、読者というより編集部員《へんしゅうぶいん》になったような気分を味わった。

そのあとも何度かメールをやりとりして、集まりを開くのは七月二〇日と決め、JR飛騨古《ひだふる》川《かわ》駅からマメハウスまでの道順を書いて、メールに添付《てんぷ》することも忘《わす》れなかった。

一学期の終業式の帰り道で、ジロータはカナエに念を押《お》すように言った。

「夏休みのサマー会には、ぜったい参加してよ」

カナエは、ジロータがいつもとちがってそわそわしているのに気づいた。

「行くよ。でもなんかあるん？　声がうれしそうやし、鼻もふくらんどる」

「うん。ニュートリノと宇宙《うちゅう》のことがテーマで、そっちにくわしいゲストがくるからね」

「へえ、そうなんや。じゃあ、ヒサエ姉さんも誘《さそ》うよ。ドームで働くようになってから、わたしより宇宙《うちゅう》についてはうるさなってきたからね」

「ああ、どうぞどうぞ。たくさん集まるほうが、おかずは増《ふ》えるし楽しいもんね」

＊

サマー会スタートは一〇時、ジロータは九時にマメハウスに到着《とうちゃく》した。

「ハルバア、おはよ。晴れてよかったね。今日は二〇人以上になるんで心配やったよ」

「やあジロちゃん、はりきっとるなあ。けど、このニュートリノていうテーマはちょっとむずかしすぎんかや」

ハルバアは、ひと抱《かか》えもありそうな釜《かま》のお米をとぎながら言った。

「だいじょうぶ、みんな興味《きょうみ》があるテーマやもん」

「そんならええけど。小学生にはちょっとなあ、思ってね」

「それよりか、また久《ひさ》しぶりにオクドさんで炊《た》いたご飯が食べられるんで、すごい楽しみや」

オクドというのは、古い言葉で「竈《かまど》」のこと。このときばかりは、昔ながらのオクドを使い、古い大きなお釜《かま》で米を炊《た》く。

「お釜《かま》もオクドさんも、バアのちっちゃいころから使っとる年代もんぞ。こんな古いんでも、みんながおいしいおいしい言うじゃで、今日も喜《よろこ》んで働いてくれるろうよ」

ハルバアの話にうなずきながら、ジロータが言った。

「このオクドさんて、下側は四角いのに上は丸うな

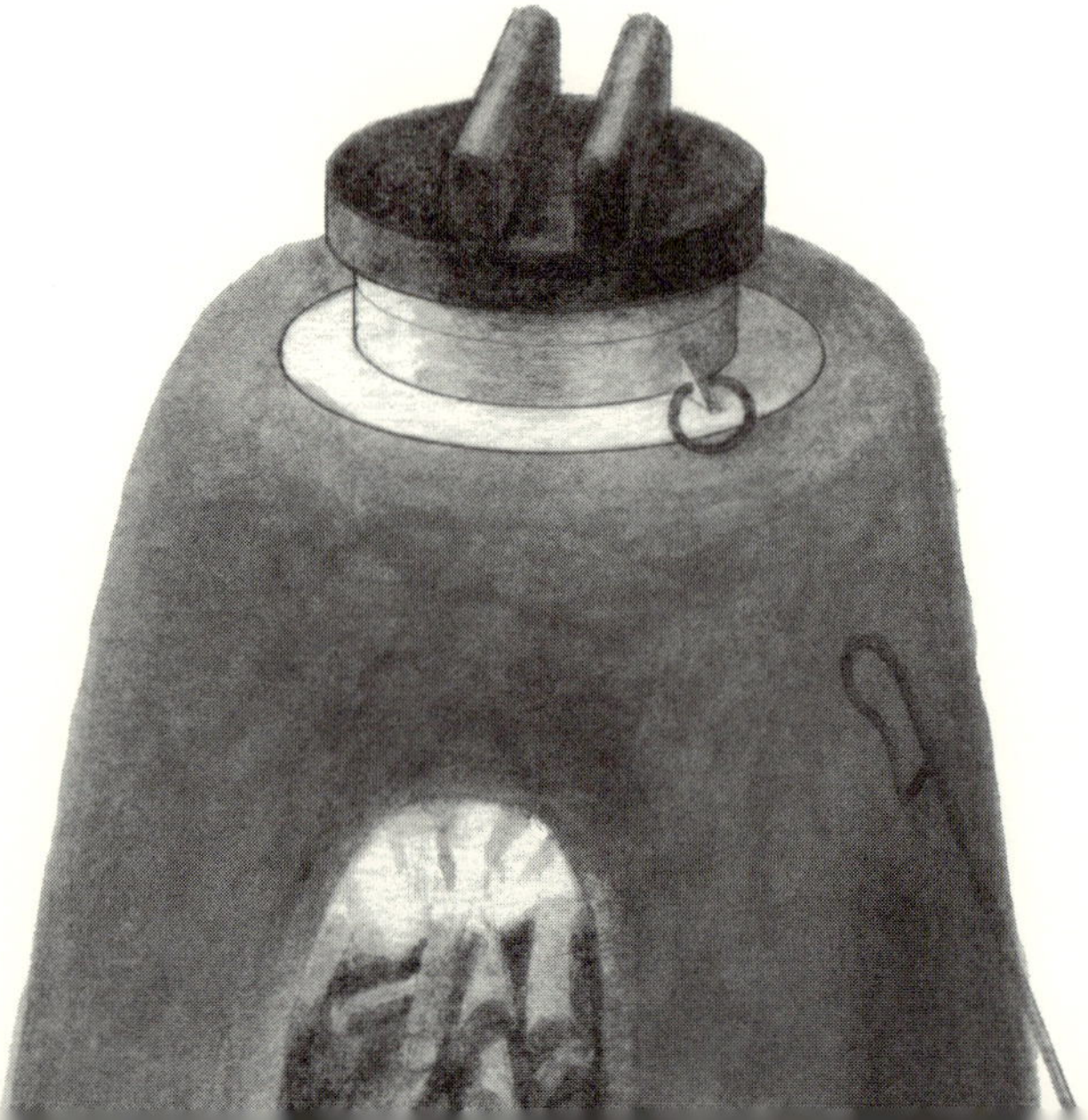

って、そこに大きなお釜《かま》が載《の》るのでしょ。お釜《かま》がお城の天守閣《てんしゅかく》みたいに見えるよね。ふたはまっ黒でぴかぴか光っとって、まるでお城のてっぺんの飾《かざ》りみたいや」

「ほう、そう見えるんじゃな。オクドとお釜《かま》で天守閣《てんしゅかく》ねえ。まあ、おもしろい観察しちょる」

「そら、ぼくは科学部やでね。なんでもしっかり観察するんや。それに、天守閣《てんしゅかく》で炊《た》いたごはんはすごぅおいしいで。殿《との》さま飯《めし》、いうんかねぇ。へへっ」

ジロータは、もってきた白菜の漬《つ》け物炒《いた》めを出して、ハルバアの好きな茶色い常滑焼《とこなめや》きの小皿へすこしずつ分《わ》けていく。

「夏になっても漬《つ》け物炒《いた》めやな。バアの小さいころは、冬だけのごちそうやったのに。ジローんとこのは、ひね漬《つ》けの酢《す》っぱ味《み》がええ具合《ぐあい》で、いっつも好評《こうひょう》じゃしね」

「うちのお母ちゃんは漬《つ》けもんがじょうずやろ。そのじょうずの味が、時間かかって、もっとおいしぃなって、それを炒《いた》めるんやもん、まずいわけあらへんよ」

「そうじゃて。みんなもよう知っとるで、すんに売り切れるもんの。わしのごはんとおんなじや」

「ひね漬《づ》け、ハルバアには別に用意してきたよ。すこし分《わ》けて、もってけってお母ちゃんに言われたで」

「ありがとな。こうやして、おいしいもんを集めてみんなで食べてなあ――それだけでバアは涙《なみだ》が出るほどうれしいんや」

「食べもんで泣くんか、へへ」

笑いながら言うジロータに、ハルバアは何度もうなずいた。

「そうやて。食べもんは、いちばん人間の心ゆさぶるでね。バアなんか、悲しいことあったって、おいしいもん食べたら元気んなる。うれし涙《なみだ》も出る道理やて」

「ふうーん、そうなんか。あとは東京からのお客さんがどう言うか、やね」

「ほー、東京からだれかござるんか。そら楽しみなこっちゃの」

ハルバアがそう言ったとき、玄関《げんかん》の引き戸を開けて入ってきたのはカナエである。

「おはよう。ハルバア、今日はよろしくお願いします。ジローのお客さん連れてきたよ」

「あれー、カナ、だれといっしょなん？」

ジロータは驚《おどろ》きの声をあげた。

「ごめんね。東京からみえた『ガリレオ』の編集《へんしゅう》の人」

（まさか。カナが『ガリレオ』編集部《へんしゅうぶ》の人といっしょにくるなんて！）。

驚《おどろ》いたジローータの鼻の穴《あな》が、ふわっとふくらむ。それをカナエが指差《ゆびさ》し、笑いながら言った。

「ふふ、びっくりしたでしょう。お姉ちゃんの車で、北川さんのお宿に迎《むか》えに行ってきたの」

カナエのあとからヒサエともうひとり、背《せ》の高い男性《だんせい》がついてきた。濃紺《のうこん》のポロシャツが、ジロータにはとてもかっこよく見えた。

「あ、きみが杉山《すぎやま》くんだね。ぼく、メールもらった『ガリレオ』編集部《へんしゅうぶ》の北川昇司《しょうじ》です」

ジロータは、目の前につきだされた大きな手に、またびっくりした。とにかく握手《あくしゅ》なんてしたことがなくて、どうしていいのかわからない。それでも、なんとかおなじように右手を出してにぎりかえし、(これが握手《あくしゅ》か。北川さんて、都会ふうでシャレとるなあ)と思った。

「ジローて呼《よ》んでください。ほんとはジロータやけど、わけがあってタヌキでお願いします」

「タヌキって? あ、わかった。ジローくんね。おどかしてごめんなさい。じつはスペースドームのヒサエさんには、前から何度か取材させてもらったりで、知り合いなんだ。カナエちゃんとも会っててね。家にも行ったことあるんだ。でもニュートリノ忍者説《にんじゃせつ》がカナエちゃんから出たっていうのには、あれーって思ったよ」

「そうかぁ。なんやなんや、びっくりさせようて思っとったのに、こっちがびっくりや」

「そうねぇ。つまりきみが計画してたサプライズを、ぼくが先にやっちゃったわけだよね。あやまらなきゃいけないな」

「はー、そういうことか。こっちがやるつもりで、やられてまって……。でも、こんな遠くまできてもらってありがとうございます。あーあ、失敗かぁ」

ジロータは、カナエに向かって、笑いながらにらみつけた。

「ジロー、ごめんね。ショージさんに、編集部《へんしゅうぶ》とおんなじこと考えた人がいるそうだねって言われて、それわたしのことですって、ばらしてしまったの」

そばにいたハルバアが、うなずきながらジロータの肩《かた》をたたいた。

「わたしはこの家の主《ぬし》で石田春江《はるえ》。ハルバアって呼《よ》んでもらっとります。はいはい、そんならみなさん、座《ざ》ぶとん並《なら》べるの手伝ってね。座敷《ざしき》の用意は、わたしとヒサちゃんがやるから、ジローと北川さんは会の進行を打ち合わせしといてよ」

北川さんは背負《せお》っていたナップサックを降《お》ろして、なかから大判《おおばん》の本を一冊《さつ》とりだした。

「あ、『キットピーク写真集』、見たかったやつ。図書館に入れてもらうよう頼《たの》んだけど、まだ届《とど》いとらんのや」

「ジローくん、よく知ってるね。そう、キットピーク天文台の天文写真のすごいのが、たくさん載《の》ってるんだよね。有名な本。あとでみんなにもたっぷり見てもらうよ。それでね……」

ショージさんは、写真集にはさんであったプリント用紙をみんなに配ろうとした。

「これ、今日話す内容《ないよう》をまとめたの。ざっと見てもらって、問題あれば、はじまる前に打ち合わせしとこうかと思って」

ジロータが手をあげた。

「あのー、ぼくらの質問《しつもん》に答えてもらうのがいちばんやと思うんですね。そのほうが、ぼくらのレベルもわかってもらえるし、やりやすいでしょう」

「あーそうか、うん。そのほうが話が早いもんね」

ショージさんが言うのであれば、あとはぶっつけ本番。興奮《こうふん》気味のジローたちの横で、集まりがはじまる前のわくわくする時間を楽しんでいるのは、カナエとヒサエである。

カナエは、「ニュートリノは忍者《にんじゃ》」という思いつきが、編集部《へんしゅうぶ》の企画《きかく》とまったくおなじだったこと、それから編集部《へんしゅうぶ》のひとりが目の前にいることに興奮《こうふん》している。

ヒサエは、ショージさんがみんなの注目《ちゅうもく》を集めているのに驚《おどろ》いた。そして、好意のときめきが、前より大きくなっていることに気づいた。けれども生まれてはじめての胸《むね》のどきどきをどう抑《おさ》えたらいいのかわからない。

照れかくしで、ヒサエは彼《かれ》から目をそらしたままカナエと話しはじめた。

「ねえカナちゃん、ショージさんのシャツの色、濃紺《のうこん》でしょ。あれって夜空の色なんやって。

本人が言ってたわよ。おんなじ紺《こん》でも、あの紺《こん》が深くていっとう好きって」
ショージさんと話したそのままを伝えたい姉の気持ちが、カナエにはよくわかる。けれども
それを軽く受けながす。
「へえ、そうなの。こだわり屋さんなんや。わたし、ショージさんにききたいことあってね。
雑誌《ざっし》の記事のプランなんかはどうやって立てるのか、編集《へんしゅう》ってどんな仕事をするのか、いろ
いろ質問《しつもん》してみたいの。おもしろそうな仕事やし」
「だめよ。今日はもっとだいじなテーマがあるでしょう。そういう個人的《こじんてき》な興味《きょうみ》は、ショージ
さん受けつけません」
「べつに、お姉ちゃんにきこうとしとるわけやないけどねー」
すこし離《はな》れたところで、ショージさんがそんなふたりに気づいてにっこりする。そのショー
ジさんを、ジローターが電子レンジの番をしながら見ている。ジローターの視線《しせん》に気づいたショー
ジさんが近づいてくる。
「ジローくん、ずいぶんいろんなおかずが並《なら》ぶんだね」
「そうですよ。食べることはマメハウスのだいじな行事《ぎょうじ》で、おいしいもんがたくさん並《なら》ぶし、
それを食べたいからここにくるっていう人も、たくさんおるくらいやもんで」

「きみがいま、皿に小分《こわ》けしているのはなぁに？　見たことないね、野菜炒《いた》めかな」

「あ、これ、名物の漬《つ》けもん炒《いた》め。時季《じき》はずれやけど、おいしいですよ。冬の漬《つ》けもんのあまったのを玉子とか豚肉《ぶたにく》といっしょに炒《いた》めたやつで、残り物整理《せいり》のおかずですね。ちょっと食べてみますか」

「いい？」

「どうぞどうぞ」

「ほー、知らなかった食感《しょっかん》。塩《しょ》っぱくて酸《す》っぱくて、ひねたようでしゃきしゃきで、ごはんが進みそうだな。おいしいねえ」

　ヒサエもそばにきて、かまわず指でつまんで味見《あじみ》をはじめた。

「おいしいでしょ。これ、ジローくんち自慢《じまん》の漬《つ》けもんステーキ。彼《かれ》のお母さん、漬《つ》けるのじょうずなの。それ使ってステーキにするんで、いつも評判《ひょうばん》いいんですよ」

「ステーキっていうんだね」

「漬《つ》けもん炒《いた》めって呼《よ》ぶのは、こんなおいしいおかずにちょっと失礼《しつれい》でしょ。なので、だれかが気どってステーキって呼《よ》んで、とうとうおみやげ品まで漬《つ》けもんステーキって」

　台所のいちばん奥《おく》からながめていたハルバアが、手をたたきながら指図する。

「それじゃ会がはじまる前に、もうちょっとテーブルを整理《せいり》しといてもらおかね」

早めにきた者から順に、もち寄《よ》ったおかずを大皿《おおざら》に盛《も》ったり、座《ざ》ぶとんを並《なら》べたりの手伝いをはじめる。二〇人を超《こ》える参加者が集まるのは、もうすぐだ。

6　ニュートリノは黒豆忍者《にんじゃ》?!

一〇時。司会役のジロータが、立ちあがってあいさつした。

「こんにちは。ぼくは宮川《みやがわ》小学校科学部の杉山《すぎやま》といいます。今日は、たくさん集まってくれてありがとう。まずはじめに、東京からみえたお客さんの北川昇司《しょうじ》さんを紹介《しょうかい》します。北川さんは『ガリレオ』という有名な雑誌《ざっし》の編集部《へんしゅうぶ》の人やから、みんながどんな質問《しつもん》をしても答えてくれると思います。『ガリレオ』のことは、みんな知っているとおり、学校でも毎月とっとるよい雑誌《ざっし》です。編集《へんしゅう》の人がみえとるんで、おせじですけど」

くすくす笑いや、「おぉ」、「はぁ」などの反応《はんのう》があがった。

「みんなの質問《しつもん》について答えてもらうので、今日はたくさんきいてください。だれかいますか？　どうぞ」

ざわざわとささやき声が流れたあと、また会場がシーンとなる。

「じゃあ、まずはじめにぼくから」

ジロータは、ショージさんに気をつかって声をあげた。

「はい、ちょっと待って。その前にきいてもいいですか」

手をあげたのは三年生の科学部員、小森完次《かんじ》くん。

「あのー、三年のカンジていいます。カミオカンデのことやけど、観測《かんそく》に何万トンて水が使われとるそうです。なんで、そんなたくさん水が必要なんですか。それも地下の深いとこでしょう。そんなとこに水を貯《た》めてなにがわかるのか――その、わかるとこがわからんもんで」

みんなが笑った。ジローターがにっこりしてつづいた。

「ぼくもはじめのころに、なんで水や、なんで地下やろって思ったし。教えてください」

「いやあ、いきなり核心《かくしん》に迫《せま》ってきたな。もちろんみんなは、ノーベル賞でこの町のカミオカンデが注目されたことは、よくわかってるよね。ニュートリノっていうふしぎな宇宙線《うちゅうせん》があるのかないのか、それを世界じゅうの学者が調べていて、ついにカミオカンデで証拠《しょうこ》を見つけたってこと」

「それって、宇宙《うちゅう》を飛びまわっている物やのに、どうして地下の深いとこで見つかったか。そこも知りたいんです」

カンジの疑問《ぎもん》は、ジローターが半年前にもっていたのとおなじで、そのあと参考書や『ガリレオ』などを読んで、いまでは答えがなんとかわかっている。けれども、ショージさんがどう答えるかを知りたくて、カンジの質問《しつもん》をフォローした。ショージさんが、胸《むね》の名札をたしかめながら言う。

「カンジくんだね。質問《しつもん》ありがとう。『ガリレオ』読んだことある？」

「ちょっとむずかしいので、写真や絵を見るくらい。読むのはまだちょっと。すいません」

「いいんだよ。写真を見てくれるだけでも。そこが出発点《しゅっぱつ》なんだから」

「はい、編集《へんしゅう》の人にじかに言われたで、つぎはかならず読みます」

みんなが笑い、ショージさんが拍手《はくしゅ》した。

「ありがとう。じゃ、ちょっとおさらいしよう。ニュートリノっていう素粒子《そりゅうし》はすごく小さいから、どんな硬《かた》い物でも平気で通りすぎていってしまうんだ。いまでもこのあたりにいっぱい飛んでいて、みんなの体もすいすい通りぬけてる」

「はい、そのへんは、みんなも授業《じゅぎょう》できいたりして知っとる思います。ぼくらの体を通るってきいたらこわくなったけど、平気なんでしょう？　問題なしですよね」

「もちろん、そう。うーんと小さくて、体にはぜんぜん影響《えいきょう》なしだから。ひとつ、ぼくから質《しつ》問《もん》。ここにいる人はニュートリノのこと、だいたいわかってるんだね。よく知らないって人、いたら手をあげて」

部屋はシーンと静まりかえったまま、だれの手もあがらない。

「すごい！　さすがカミオカンデの町の子だね。東京でおなじ年の子たちにたずねたら、ほとんどの子は知らないって言うよ」

　みんなが得意そうな笑顔を浮《う》かべ、ジロータの鼻もすこしふくらんだ。

「よーし、先に進むね。そんな小さくてすばしっこい宇宙線《うちゅうせん》、ニュートリノを見つけるには、どうしたらいいか。ノーベル賞受賞の小柴《こしば》先生たちは、日本でもいちばん硬《かた》い岩——岩盤《がんばん》のある飛騨《ひだ》の神岡《かみおか》に目をつけたんだ。地下深い鉱山《こうざん》の跡《あと》もあって、それを利用すればいろいろ都合《つごう》がいいから、観測装置《かんそくそうち》を作ろうって決めたんだ」

「でも、どうして宇宙線《うちゅうせん》を、そんな深い地下で見つけようとしたんですか？」

「ニュートリノは、小さすぎてとても見つけにくいでしょう。だから地下を選んだわけ。うんと小さくて、どんな場所でも通り抜《ぬ》けてしまうやっかいなやつだからこそ、ほかの物が入ってこられない硬《かた》くて深い岩盤《がんばん》のなかで待っていれば、逆《ぎゃく》につかまえられるかもしれないって考えたんだね。そんなところまで飛んでこられる物こそ、ニュートリノにちがいないってこと。深い地下に装置《そうち》を作った理由《りゆう》は、そこにあるんだ」

「へーえ、地下まで忍《しの》びこんでくるやつ。それで忍者《にんじゃ》ってあだ名をつけたんだ」

「そうだね。カナエちゃんもおなじように、ニュートリノは忍者《にんじゃ》みたいって思ったんでしょう。

すごいよ、ぼくら編集部《へんしゅうぶ》とおんなじレベルだもの」

「いえ、たまたまです。小さなニュートリノのイメージを空想してたら、それが黒豆になって、忍者《にんじゃ》につながって」

「あー、黒豆もおもしろいじゃない。地下の観測装置《かんそくそうち》で長いあいだじっと待ってたら、黒豆が見つかって、ノーベル賞もらったたってことになる」

「プールに貯《た》めたとかいう水は、どうしたんですか」

だれかが、手をあげて質問《しつもん》した。

「ああ水ね。そう、ちょっと説明しておこうか。みんなは、このあたりから出るたくさんの湧《わ》き水《みず》はとってもきれいでおいしいって、思ってるでしょう。それはそのとおりで、観測設備《かんそくせつび》には何万トンもの水が貯《た》めてあるんだけど、あれは湧《わ》きでたままのおいしい水とはちがうんだよ。飲んでおいしいと感じる水って、じつはいろんな物が混《ま》ざっているんだ。カルシウムとかナトリウム、ミネラルって呼《よ》ばれる鉱物《こうぶつ》が溶《と》けこんでる。それをぼくらはおいしいって感じるんだけど、観測《かんそく》に必要な水は、溶《と》けこんでる物質《ぶっしつ》ができるだけすくないほうがいいんだ。それを『純水《じゅんすい》』、純度《じゅんど》の高い水っていうんだ。でもそれって、飲んでおいしいものじゃない」

「へえー、そんならぼくらは、混《ま》ざり物が入った水をおいしいって飲んどるの？」

カンジがきいた。

「うん、そうなるね。それで、硬《かた》い岩盤《がんばん》を抜《ぬ》けたニュートリノは、純水《じゅんすい》を通るときに光るはずだからって、その瞬間《しゅんかん》を先生たちはずっと待ちぶせした。それがみごとに的中したということなんだ」

カナエが手をあげた。

「忍者《にんじゃ》なら、水遁《すいとん》の術《じゅつ》で水にもぐって見つからないように進むでしょう。ニュートリノは、カミオカンデの水槽《すいそう》を通るときに気がゆるんで光ったから、見つかっちゃったってこと？」

「そう、そんな理解《りかい》でいいでしょう。深さ千メートルの硬《かた》い岩盤《がんばん》まで静かにやってきたのに、純水《じゅんすい》のなかで光ったところを発見されてしまった。小柴《こしば》先生たちの作った観測装置《かんそくそうち》、かっこよくいえばトラップ、罠《わな》だよね。それにうまくつかまっちゃったんだ」

会場のみんなは、それぞれにうなずいたり、横にいる人と目を合わせたりしながら、話についてきている。カナエはつづけた。

「じゃあ、質問《しつもん》です。いままでのこと、だいたいわかったつもりです。でも、まだいちばんだいじなとこまで行ってないので、教えてください」

「いちばんだいじ？」

「はい、わたしは、どうして忍者《にんじゃ》を見つけなあかんかったか、なぜ見つける必要があったんか、その理由がわかりません。そこで行き止まりになってしまうんです」

ジロータも手をあげた。

「はい、ぼくもカナエさんとおんなじ質問《しつもん》やけど、そんなちっちゃいもん見つけて、どうするのかなって。ノーベル賞もらったからすごいことなんやって言われても、見つけた意味がわからないまんまです」

「なるほど、そうなんだね。うーん、そこをわかりやすく説明できなきゃ、雑誌《ざっし》作ってる者として恥《は》ずかしいよね。さあ、どこから進めようか」

ショージさんは、星の写真集を広げてみんなに見せた。

「ちょっと回り道になるけどね、たとえばこれ、馬頭星雲《ばとうせいうん》。形が馬の頭のように見えるでしょう。これは一千光年以上離《はな》れたオリオン座《ざ》のそばにある星の群《む》れ。一千光年というのは、キロメートルにしたら一〇兆キロメートル」

しーんとした空気が、会場を流れる。

「ちょっと比《くら》べるものがないんでわかりにくいね。それなら、こんな例をあげてみようか。だれか、地球と太陽はどれくらい離《はな》れているか知ってる？」

手をあげようとして、途中《とちゅう》で止めた者がいたけれど、そのほかに声はあがらない。

「はい、じゃわたしが。たしか一億五千万キロメートルでなかったかな」

「ハルバアさん、正解《せいかい》です！　さすが元先生、よく覚えていらっしゃる」

「へへへ、わたしも何回しゃべったかわからんほどでねえ」

「そう、地球から太陽までは約一億五千万キロ。これを一天文単位って言う。覚えておくといい。宇宙《うちゅう》の距離《きょり》を表すのに、よく使うんだ」

何人かが口を開く。

「え、地球と太陽の距離《きょり》を使うって？」

「どういうこと？」

「先生――あ、まちがえた、編集長《へんしゅうちょう》」

カナエのクラスでいつも最初に手をあげるテルユキくんが言った。めんどうな距離《きょり》の話がつづいていたので、あちこちで笑い声があがった。

「おー、ちがうよ。ぼくは編集長《へんしゅうちょう》じゃない。ただの編集《へんしゅう》部員だよ。ぺーぺーのぺー」

「ぺーって、なんですか？」

「ごめん。ぺーって、平社員のこと。平《たいら》って漢字《かんじ》をヘイって読むでしょう。それがなまってぺー」

「えー、東京弁《とうきょうべん》もなまるんや。おもしろ！」

「ははは、そう。なまるんだよね。なんかつっこまれちゃったなぁ」

「すいません。集中できんかったんで、つい。でも、いまの話は一キロが千メートル、一〇万センチいうんとおんなじでしょ？」

テルユキくんが手を合わせてあやまった。

「テルくんありがとう、だいじょうぶだよ。一センチの短い距離《きょり》と一光年一〇兆キロの長い距《きょ》離《り》を比《くら》べてみる――小さくても大きくても、ぼくら人間は、この頭のなかでイメージしてるよね。逆《ぎゃく》にいえば、人間の想像力《そうぞうりょく》ってものがどんなにすばらしいかってことなんだ。ちっちゃなつぶつぶも、でっかい宇宙《うちゅう》もこの頭んなかでイメージできる。だから、人間はニュートリノも見つけちゃった。宇宙《うちゅう》を見あげるって、そういう楽しいことなんだよ」

カナエは、頭のなかに果てしない宇宙《うちゅう》が広がっているのを想像《そうぞう》した。

（たしかに頭のなかって広い！　トトカカの星も、あのきらきら光る銀河《ぎんが》も、このなかに入ってしまうから――ショージさんの言うこと、とてもよくわかるなぁ）。

「わぁ、そうなんや。想像力《そうぞうりょく》ってすごいなぁ」

カナエが言い、ショージさんがうなずく。

「そうだよ。想像力《そうぞうりょく》と宇宙《うちゅう》の大きさと、どっちが大きいのかな？」

返事はなかったけれど、だれもが想像力《そうぞうりょく》と言いたかったことだろう。カナエも（わたし、想《そう》像力《ぞうりょく》には自信がある）と、胸《むね》を張《は》った。

ここでショージさんが、さっき開いた写真集の馬頭星雲《ぼとうせいうん》をもう一度指差して見せた。会場にいる二〇人は、ひとかたまりのびっくりマークになった。

「じゃあね、この馬頭星雲《ぼとうせいうん》よりも大きな、いままで想像《そうぞう》もしたことがないほど大きな星空をイメージしてみて。とにかくここに住んでいるきみたちは、東京ではぜったい見ることができないくらい大きな夜空と、たくさんの星に会ってるんだから、きっとできるよ」

ショージさんの問いかけが、みんなの好奇心《こうきしん》をかき立てる。

「目をつぶったほうが、想像力《そうぞうりょく》を広げるにはいいかもしれないね」

目を閉《と》じる者、天井《てんじょう》を見あげる者、下を向いている者――みんなはいろいろなスタイルになって、だれよりも大きな星空のイメージが広がるのを待った。

「みんなが想像《そうぞう》した宇宙《うちゅう》のなかのほんの片隅《かたすみ》に、さっき見せた馬頭星雲《ぼとうせいうん》はあるんだよね。じつはねぇ、こうして写真に写っている姿《すがた》も、ほんとは千年以上も前のものなんだ」

「えっ、千年前？」

「そう。千年前の光が届《とど》いたんだよ」

「それって、どうやってわかるの？」

「物理学のこまかい計算で答えが出てるんだ。人間はこのふたつの目で、遠い近いがわかるでしょう。それとおなじやり方の宇宙版《うちゅうばん》。地球上のあちこちにある目で、距離計算《きょりけいさん》をするって想像《そうぞう》すればいい。つまり、ここでも想像《そうぞう》の力を借りるんだ」

カナエは、鼻の前に人差し指を立てて、遠くへやったり手前にもってきたりした。それでなにかがわかったわけではないけれど、それを見て、となりにいたジロータもまねをはじめた。

ショージさんがふたりを見つけて、

「そうそう、それ。目の間の距離《きょり》を地球の直径くらい長くしていけば、星との距離《きょり》も測《はか》れるっていうことさ」

また「へぇ」、「ほう」とため息がもれた。

「それからね、ぼくらが見てるのが千年前の姿《すがた》ってことは、じっさいにはもうこの星雲はなくなっているかもしれない――それも考えておこう。ぼくらが見ているのは、いまはもう消えてなくなっているかもしれない、そういう光なんだって」

天井《てんじょう》を見あげてふーんとうなったり、目を閉《と》じて考《かんが》えこんだり、会場の反応《はんのう》はいろいろだ。けれども、もっと知りたいという気持ちはみんなおなじで、ショージさんのつぎの言葉を待っている。

「星の話は遠すぎてよくわからないっていう人が多いけど、今日の参加者はみんな真剣《しんけん》にきいてくれるから、うれしいね！」

ショージさんが言うまでもなく、いっしょについてきた二〇人は、はじめよりもっとイメージを広げているようだ。みんなのうしろで椅子《いす》に座《すわ》っていたハルバアも、目を細めてそのなかまに入っている。

おなじように想像《そうぞう》の世界に浸《ひた》っていたヒサエは、「うれしいね」と元気よく言ったショージさんを、そっと見た。けれどもショージさんはヒサエに気づかず、もう一度たしかめるように集中して写真集をめくっている。

カナエが真剣《しんけん》な顔で質問《しつもん》した。

「そんな、ずーっと古い昔のもんが見えるんやったら、反対にこっちがスピード出して追いかけて行ったら、何年か前の物でも見えるんやないんですか？」

「いい質問《しつもん》だね。そう。理屈《りくつ》の上では見えるはずなんだ。ぼくらの目が、飛んでくる光を受けとる――それがつまり見るってことでしょう。その逆《ぎゃく》に、こっちが見たいものを見るには、見たい光が遠ざかって行くより速いスピードで追いつけばいい。光より速く先に行ってふりかえったら、過去《かこ》が見えるかも。あくまで理屈《りくつ》、理論上《りろんじょう》の話だけどね」

＊

（もし光を追い越《こ》すスピードで飛べたら、過去《かこ》のできごとに会えるのや）。

そう思ったカナエは、トトカカが六年前に事故《じこ》で亡《な》くなった時間の、その一瞬《いっしゅん》前のことを想像《そうぞう》していた。というのも、ちょうど事故《じこ》が起こる数分前に、たまたまトトカカの乗っていた車とすれちがって、ふたりを見た人がみつかったからなのだ。

その日、配達車に乗っていたとなり町のクリーニング店の横川さんは、ふたりの軽自動車とすれちがった。彼《かれ》は、よく目立つグリーンの車に乗ったふたりが、楽しそうに笑いながら話していたのを覚えていた。助手席の女性が運転手になにか食べさせていたようで、その直後、一瞬《いっしゅん》のハンドル操作《そうさ》ミスで車は崖下《がけした》に落ちたものらしい。

運転席と助手席の間に、飛騨《ひだ》名物の漬《つ》け物が一〇袋《ふくろ》ほど散らばっていた。久《ひさ》しぶりに岐阜《ぎふ》市内の親戚《しんせき》家族に会うというので、カカが買ったおみやげである。ひと袋《ふくろ》だけ封《ふう》が切られていて、中身が足元に飛びちっていたとのことで、たぶんカカがトトに食べさせようとしていたのだろう。

カナエは、「ふたりが楽しそうに話していた」という証言《しょうげん》を思いだした。そして、もし光を追い越《こ》すスピードで飛べたら、ふたりの会話がきけるかもしれない——そう気づいたのである。

なにしろ千年も前の光が、いま地球に届《とど》くというのだから、トトカカの光なんてわずか数年前に地球を出たばかり。追いかければすぐに見つかりそうだ。カナエは、頭にふっと明かりが灯《とも》ったような気持ちになった。

もうひとつ、何日か前の学校帰り、カナエは奇妙《きみょう》なできごとを経験《けいけん》した。

ジローターがうしろから駆《か》けてきてカナエを追い越《こ》し、五〇メートルほど先へ行ってふりむいたのだ。息を切らしてこっちを向いているジローターに、カナエはきいた。

「どうしたの、そんなにあわてて？」

「こないだね、カナがぼくのことを子どもっぽいな、だれかを好きになったことないのってきいたよね。その返事、しようかと思って」

「なぁんや、そのことね。どうなの？　それで、だれかを好きになったことあるの？」

カナエは、「なぁんや」といってしまったことをすぐ反省した。

(もしかすると、ジローはわたしのことを好きって告白《こくはく》するつもりやったのかな)。

推理《すいり》は当っていた。「カナのことが好きやってわかった」と言うつもりだったジローは、「なぁんや」という返事をきいて、口を閉《と》ざしてしまった。仕方なく出てきたのは、

「今まで、だれも好きになった人はおらん、いうことや」

「子どもやなぁ。早いこと、好きって言える相手見つけてよ。じゃね、また明日」

カナエは強気《つよき》に言って、ジローに手をふった。数日前のその場面は、カナエの目の奥《おく》にはっきり残っている。追い越《こ》してからふりむいたジロータが、もし光より速く走っていたとすれば、

とカナエは想像《そうぞう》した。

(ショージさんは、光に追いつけたら過去《かこ》を見ることができるだろうって教えてくれた。そのとおりになるとすれば、あのとき追い越《こ》していったジローは、数秒前のわたし、きょとんとして顔をかしげとったわたしだったのかもしれんのや！ そしたらわたし、「なぁんや」なんて返事はせんかったのに。あーくやしい。もし、トトカカに追いつけたら、ふたりの会話が、ほんとにきけたかもしれんのになぁ)。

＊

宇宙《うちゅう》に向かう想像《そうぞう》の世界で、カナエの視線《しせん》はぼんやりと横の窓《まど》に向かっていた。

「おーい、カナエちゃん、話についてきてるかな？」

ショージさんの声に気づいて、カナエは現実《げんじつ》に戻《もど》ってきた。

「あ、ごめんなさい。ちょっと別のこと考えてたもんで」

カナエのおかげで、ほかのみんなも目を覚ましたようだった。

「うーん、そのあたりを理解《りかい》してもらうのはむずかしいんだよね。では、こういうのはどうかな。つまり、きみたちはお父さんとお母さんの子どもとして生まれて、ここまで育ってきたでしょう」

カナエはどっきりした。

「なぜ、きみたちは、いまここにいるの？　その前、お父さんとお母さんのそのまたお父さんとお母さん、そのまた……って考えていって、もっとずーっと昔にさかのぼって、人間がまだ生まれるより前、生命が生まれたころ。そのもっと前の、地球が生まれた時代も超《こ》えて、もっと昔、どこまで行けるかな。時間をぐんぐんさかのぼって、宇宙《うちゅう》のはじまりはどういうふうだったんだろうって想像《そうぞう》してみて……」

（えーっ、そんなぁ、無理やよ）とカナエは思う。

「ぼくたち人間の、この地球の、この宇宙《うちゅう》のいちばんの元の元までさかのぼって、知りたくない？　宇宙《うちゅう》科学を研究してる人たちは、それが知りたくてたまらないんだよ。じっさいに、カミオカンデの純水《じゅんすい》のなかを、ニュートリノがいくつか通って、その証拠《しょうこ》が見つかったわけでしょ。宇宙《うちゅう》の遠いところから地球まで飛んできた忍者《にんじゃ》の正体がわかれば、命の誕生《たんじょう》の秘密《ひみつ》が見つかるかもしれない――その秘密《ひみつ》にちょっとだけ近づいたことを証明《しょうめい》して、先生たちはノーベル賞をもらったんだ。むずかしいけど、すごいよね。ここでやっているのは、そんな夢《ゆめ》みたいな、ロマンチックな研究だって言ってもいいんだよ」

カナエはまた想像《そうぞう》の翼《つばさ》を広げる。

（トトカカが、わたしのおじいちゃんおばあちゃん、そのまた先の人たちも光になって飛びつづけとる……そこをずっと昇《のぼ》って行くと、どこへ行くんかなぁ。カミオカンデの研究っていうのは、そういうことなの？）

ショージさんはつづける。

「ぼくは思うんだけどね、ものすごく小さなニュートリノっていう素粒子《そりゅうし》、つぶつぶ、黒豆忍者が何年もかけてこの地球にやってきて、学者の罠《わな》にかかってちらっと光った……それを見つけた学者もえらいけど、長いこと飛んできたニュートリノたちって、なんてかわいくて、いとおしいやつだろうってね。そんなふうに想像《そうぞう》するのもおもしろいでしょう。きみたち、よくここまで飛んできてくれたなあ。きみたちがいることがわかって、宇宙《うちゅう》の秘密《ひみつ》がひとつ解《と》けたよ――ありがとうって声をかけたいくらいさ」

カナエはそれを聞いて（うん、たしかにかわいい）と思った。目を閉《と》じると、小さな黒いつぶつぶが飛んでいる姿《すがた》と、トトカカが手をつないで飛んでいる姿《すがた》が重なって見える。そして、光よりすこし速いスピードでトトカカに追いついた、ひとりの女の子までも。

（その女の子がわたし。もしかしたらニュートリノとおんなじような旅をしとるんやないかしらん）。

「宇宙《うちゅう》の秘密《ひみつ》を探《さぐ》ってる学者たちは、宇宙《うちゅう》がどうやってできたかを知りたいんだ。ちょうどみんなが、生まれたずーっと前の秘密《ひみつ》を知りたいように。宇宙《うちゅう》の秘密《ひみつ》と、きみたちの秘密《ひみつ》はおなじ方向にあるんだよ」

閉《と》じていたカナエの目から、涙《なみだ》がこぼれた。

「あれ、カナちゃん、泣いとるのか」

カンジがめざとく見つけて、そっときいた。

「ううん泣いとらんよ。ただ、わたしもニュートリノみたいに空へ飛びだして行けたらなって、

ちょっと思ったの」

カナエにはなぜ涙《なみだ》が出るのか、じぶんでもよくわからない。

トトカカが、星への旅に出たという話はうそだった――それはもうはっきりした。けれども、トトカカが光になって空の上のほうへ飛びつづけているという新しいイメージは、うれしいわくわく感になって、カナエのなかで光りはじめていた。

カナエは、もうすこし想像《そうぞう》の翼《つばさ》を広げた。遠くから飛んできたニュートリノと、光の姿《すがた》で夜空を進んでいるトトカカとは、どこかで出会っていたかもしれない。もしそうなら、ふたりとニュートリノは、「こんにちは」とあいさつした可能性《かのうせい》もある。

ショージさんの話はまだよく理解《りかい》できないけれど、遠すぎてよく見えない世界が、ちょっぴり近づいてきたような気がしてくる。

現実《げんじつ》の世界から宇宙《うちゅう》へ飛びでていきそうなカナエに、またショージさんの声が届《とど》いた。

「……このあたりでは、星が東京の何倍も見えるんだよね。うらやましいなぁ。星空を見たら、遠い遠い距離《きょり》と、すごい長い時間と、それから目に見えないニュートリノのことも想像《そうぞう》してみようよね」

（ショージさん、そのくらい宇宙《うちゅう》のことが好きなんや）と思いながら、カナエはふと現実《げんじつ》に戻《もど》った。そして、横にいるヒサエの視線《しせん》がショージさんに釘付《くぎづ》けになっているのに気づいた。

（お姉ちゃん、一等星みたいに光って！）。

きらきら顔のヒサエのつぎに、見たこともないほどがっかりした、あの日のジロータの表《ひょう》情《じょう》が浮《う》かんできた。

カナエは、ジロータに「なぁんや」ときつい言葉をぶつけてしまったことが忘《わす》れられない。

姉が好きな相手にまっすぐな視線《しせん》を向けているのに比《くら》べて、じぶんはなんて冷たかったのかと、恥《はず》かしさがふくらんでいく。

（そうや、明日はジローにあやまろう！）。

カナエは決心した。

7

人工衛《えい》星《せい》を見あげるデート

サマー会の翌日《よくじつ》、カナエは宮川《みやがわ》の飛騨片麻岩《ひだへんまがん》を見に行こうと、ヒサエとショージさんを誘《さそ》った。

カミオカンデの巨大《きょだい》な地下《ちか》観測設備《かんそくせつび》ができたのは、宮川《みやがわ》でも見られる変な岩のおかげだとジロータから教わった。その川原へ、ショージさんとヒサエを案内したかったのだ。もちろん、ショージさんは神岡《かみおか》の近辺には強固な岩盤《がんばん》があることをよく知っている。けれども、それが川の流れに削《けず》られて露出《ろしゅつ》しているときいて、「そりゃ見たいね」と乗《の》ってきた。

ショージさんがはじめて宮川《みやがわ》を見たのは、カミオカンデへ通《かよ》うようになったすこし前、伝統《でんとう》のある飛騨高山《ひだたかやま》の朝市を見物に行ったときのことである。高山《たかやま》の町なかを流れる清流が日本海に注ぐとわかって、気持ちが大きく動いたのだった。

東京の西端《せいたん》を流れる多摩川沿《たまがわぞ》いで育ったショージさんには、川は南の太平洋へ注ぐもの、つまり日本地図の下方向へ流れるものだという先入観《せんにゅうかん》がある。けれども、宮川《みやがわ》は上に向かって流れているという事実を、この目でたしかめたい。それだけでなく、川原に片麻岩《へんまがん》が露出《ろしゅつ》しているふしぎも取材したいと、好奇心《こうきしん》が大きくふくらんでいた。

カナエは、ヒサエの運転する車の後席に乗り、ショージさんを助手席に座《すわ》らせた。

「いいのいいの。このほうがショージさん、きれいな流れをゆっくり見物できるでしょう」

朝市の開かれる高山《たかやま》の町をすぎたあたりの宮川《みやがわ》は、流れの幅《はば》を広げて、どこか自由になったように見える。三〇分ほど川沿《かわぞ》いに走って、三人は深い淵《ふち》のある川原に立った。

「ほら、飛騨《ひだ》の片麻岩《へんまがん》。この波模様《なみもよう》が特徴《とくちょう》やって」

「わー、これか。カミオカンデの観測施設《かんそくしせつ》は何度か見て、岩をくり抜《ぬ》いた大きなトンネルも通ったことあるんだけど、岩そのものをゆっくり観察はできなかったから感動だよ」

ショージさんは、こまかい波形が刻《きざ》まれたラグビーボールほどの岩を、拾った小石で何度もたたいた。

「あー、やっぱり硬《かた》いね。跳《は》ねかえってくるもん」

「よかったぁ、それがわかる人を連れてきて」

カナエは得意顔でショージさんを見た。

「でも、この岩とノーベル賞の関係がよくわからないのよね」

と、ヒサエはすこし不満げである。

「それはさ、ここらの地下岩盤《ちかがんばん》が硬《かた》い片麻岩《へんまがん》で構成《こうせい》されてて、巨大《きょだい》な観測機械《かんそくきかい》を支《ささ》えるのにふさわしいからなんだ」

「観測機械《かんそくきかい》って、そんなに大きな物なの？」

「すごく大きいんだ。最初のカミオカンデは三千トンの水タンクで、新しいスーパーカミオカンデは五万トン。水の量だけでも一五倍になったんだよ」

「はぁー、五万トンね。ちょっとイメージが浮《う》かばないなぁ」

「そんなにでっかい物を千メートルも深いところに作ったの？」

「そうだよ。でも、地下といっても正確《せいかく》にはそれほど深くないんだ。車やバスで行けるんだからね」

「えー、エレベーターで降《お》りてくんじゃないの？」

「そうそう、千メートルも地下へ降《お》りるなんて、すごいって思っとったよ」

ショージさんは、近くの山を指さした。

「いい？　あの山の頂上《ちょうじょう》がここから千メートルの高さとするね。つぎにここから水平にトンネルを掘《ほ》って、頂上《ちょうじょう》の真下まで行く。そうすると、トンネルと頂上《ちょうじょう》の距離《きょり》はどれだけになるかな？」

「千メートル！」

カナエとヒサエは同時に答えた。

「あ、そっかぁ」、「それも地下千メートルってことね」

「そう、そういうことなんだよ」

ショージさんはふたりの答えをきっかけに、くわしい説明をはじめた。

観測装置《かんそくそうち》は地下千メートルの場所に作りたい。千メートルといっても深さではなく、観測装《かんそくそう》置《ち》の上に高さ千メートルの山があれば足りる。ということはトンネル掘《ほ》りを考えたとき、まっすぐ下方向に掘《ほ》るよりも山の麓《ふもと》を横方向に掘《ほ》ればいい。ありがたいことに、いまは使われていない神岡鉱山《かみおかこうざん》の跡地《あとち》に、条件《じょうけん》のそろったトンネルがある。そこにはトロッコ列車のレールが敷《し》かれていて、それも利用できる。

「そこまで調べて、観測施設《かんそくしせつ》を作るには神岡《かみおか》がぴったりだと考えたのが、あの小柴《こしば》先生。カミオカンデの生みの親、ニュートリノでノーベル賞をもらった博士《はかせ》。わかった？」

「ジローは、そこまで教えてくれなかったわ。でもさ、なんだかすてきな話になってきたな」

「そうやねぇ。カミオカンデってカタカナになっとるのも、インターナショナルな感じやし。スペースドームの人気、あがってくれるとうれしいわ」

「黒豆忍者《にんじゃ》が宇宙《うちゅう》の遠くから飛んできて、カミオカンデもすーっと抜《ぬ》けるつもりだったのに、

見つかってしまって……。それが、ノーベル賞につながるなんて」

「そうだよね。ニュートリノも、こんなところでつかまったかって思ったろうね」

ショージさんの言葉に、カナエが口をはさんだ。

「こんなところで、なんて言わないで。カミオカ――神さまの岡《おか》って地名は全国でもめずらしいのよ」

「あ、カナちゃん、それで思いだした。天生《あもう》っていう峠《とうげ》があるの。天が生まれるって書くのよ。その深い谷底から見あげると、空がずっと高く見えるんだって。ここで生まれた神さまが昇《のぼ》っていって天になった伝説もあるのよ。わたし、その峠《とうげ》に行ったことあるわ」

「ジロータくんのメールにそんなことが書いてあったな。ぼくも、天が生まれる場所、ぜったい行ってみたいって思ったんだよ」

「車で一、二時間あれば行けるかな。天生《あもう》の峠《とうげ》を越《こ》えると、外国からたくさん観光客がくるようになった世界遺産《せかいいさん》、白川郷《しらかわごう》へ出るのよ。こんど案内しましょうか？　急なカーブをいくつも通るから、ちょっとした冒険《ぼうけん》ドライブになるけど、わたしら飛騨《ひだ》っ子は山道に慣《な》れとるでだいじょうぶ」

「いいねぇ。ちょうど一〇月くらいにまた出張取材《しゅっちょうしゅざい》があるから、そのときにでも案内頼《たの》もうかな」

「わたしね、幼稚園《ようちえん》のとき、トトに連れてってもらったことあるわ。池がいくつもあったり、変な形の大きな木が並《なら》んどったりしてふしぎな場所」

ヒサエは、カナエにきいた。

「そうやったのか。カナちゃんも行ったことあるんや。クマに注意って看板《かんばん》、覚えとる？」

「ううん。でもね、なんかわからんけど、ちょっと気味の悪い感じもしたな」

「へぇ、クマも出るんだね。その、こわい感じ——ぼくもじつは意外なところで感じたんだ。ふたりは、『高野聖《こうやひじり》』って小説、知ってる？」

「あ、なんか若《わか》い修行中《しゅぎょうちゅう》のお坊《ぼう》さんが、道に迷《まよ》って深い森に入ってしまうっていう話でしょ。読んではないけど、中学の国語の授業《じゅぎょう》で習ったことある」

ショージさんがつづけた。

「天生《あもう》って地名を調べてるうちにね、泉鏡花《いずみきょうか》って作家の有名な小説『高野聖《こうやひじり》』に、この天生《あもう》峠《とうげ》のことが出てくるってわかったんだよ」

「えー、天生《あもう》のことが書いてあるの？」

ヒサエが驚《おどろ》き、カナエはちらりとショージさんを見あげた。

「若《わか》い修行中《しゅぎょうちゅう》のお坊《ぼう》さんが、天生峠《あもうとうげ》で木から落ちてくるヤマヒルにおどかされたり、美しい女に出会ったりするふしぎな物語でね」

カナエとヒサエが返事をする。

「ヒルは、天生湿原《あもうしつげん》にたくさんいるから、こわくもめずらしくもないよ」

「でも、ヒルやらクマが出る山奥《やまおく》で美女に会うって、ファンタジーやね、ショージさん」

「そうだね。だいたい、峠《とうげ》っていう場所は谷とセットになってるよね。谷があってそれを登ると峠《とうげ》に出る。谷が深いほど山は高くて、空も小さくなる。峠《とうげ》は、山の間を登って下《お》りる中間点だよね。東京から飛騨《ひだ》にくると峠《とうげ》がいくつもあって、そこにある大きな自然がよくわかるんだ」

「そう言われると、なんかうれしくなるね。ねーカナちゃん？」

「そりゃあそうなんやけど、天生《あもう》のことはまたつぎにして、今日はこの片麻岩《へんまがん》を見にきたんでしょう。縁《えん》の下《した》の力もちなんやで、ちゃんとほめてあげようよ」

「あーそうだった、忘《わす》れてた。強い岩と、それからこの宮川《みやがわ》の水もほめてやらなきゃな。この水が純水《じゅんすい》五万トンになって、カミオカンデの観測《かんそく》がつづけられてるんだからね」

「一度、カミオカンデを見てみたいわ」

「わたしもまだなの。見学ツアー、いつか行かんとね、カナちゃん」

「いまも抽選《ちゅうせん》になるくらい応募《おうぼ》が多いんだってね。ぼくは記者枠《わく》で二回入ったことあるけど」

「うらやましいな、仕事で行けるなんて」

「ははは、そうかぁ。ま、そのうちきっと当たるよ」

「ねえ、のど渇《かわ》いたでしょう。飲み物とってくるね」

カナエは、上の道路脇《わき》に停《と》めた車に向かってダッシュした。ふたりを川原に置いていったのは、もちろんカナエなりに気をつかってのことである。

「ぼく、明日の朝早く東京へ帰るんだけど、今日の夕方もつき合ってくれる？　どこか見晴らしのいいところで、カミオカンデの夜空を見てみたいんだ。東京の何倍もの星が光ってるそうだから」

ショージさんのリクエストに、ヒサエはうれしさを隠《かく》して返事した。

「あ、いいですよ。明日は遅番《おそばん》でゆっくりやし、町を見わたせる展望台《てんぼうだい》まで行くと空も広いし」

「よかった。取材で研究所や地下の観測施設《かんそくしせつ》なんかは見てるんだけど、ゆっくりここの空を見あげることがあまりなかったからね。楽しみ！」

「じゃあ、一度うちに帰って夕食作ったら、宿に迎《むか》えに行きますよ」

「夕方、日が沈《しず》むちょっと前くらいがいいな」

「はい、待っててください」

ヒサエはそう返事しながら、日が沈《しず》んだらどうなるのか――などと想像《そうぞう》して、つぎになにを言おうかと迷《まよ》ってしまい、言葉のない数秒がすぎた。ちょうどそこへ、カナエがペットボトルを抱《かか》えて走ってきた。

「おふたりさーん、お待たせー」

「カナちゃーん、転ばんようにね」

ショージさんは頬《ほほ》を赤くしているヒサエに気づかず、さっき見ていたラグビーボール岩の前にしゃがみこんで、表面を指でなでている。

「ヒサエさん、そういえばこのあたりの古い片麻岩《へんまがん》って、アジア大陸由来《ゆらい》なんだよね。恐竜《きょうりゅう》の骨《ほね》とか足跡《あしあと》の化石も出るくらいの古い地層《ちそう》だから」

「え、恐竜《きょうりゅう》？　あーそれなら飛騨《ひだ》より富山《とやま》が有名かなぁ。りっぱな化石の博物館もあるくらいですよ」

「うん、知ってる。でもほんとを言えば、恐竜《きょうりゅう》も片麻岩《へんまがん》も、日本がまだ大陸の一部だったころのものなんだよ。日本列島はユーラシア大陸の一部が割《わ》れて、いまあるところまで動いてきたんだから」

「へぇー、たしかに飛騨《ひだ》でも恐竜《きょうりゅう》の足跡《あしあと》が見つかったそうやし、大陸のはしっこが分《わ》かれて日本になったっていう話は、前にもきいたことあるわね」

カナエはふたりの様子《ようす》を見ながら、口をはさんだ。

「恐竜《きょうりゅう》があばれていたことを、この片麻岩《へんまがん》は見とったかもしれんよって、ジローがうれしそうに言ったのね。ショージさんの話は、それと重《かさ》なっとるよ」

「ふーん、男子はみんなロマンチストなんかなぁ。石を見て喜《よろこ》ぶんやもん」

「言われてみれば、ぼくとジロータくん、似《に》てるかもしれないね。たしかにこれ見てて楽しいんだから」

カナエとヒサエは顔を見あわせ、ショージさんは石を見ながら、三人の笑い声が対岸の岩壁《がんぺき》にこだました。

*

夕日が沈《しず》むすこし前、ヒサエはショージさんを誘《さそ》って、久《ひさ》しぶりに高原諏訪城《たかはらすわじょう》の城址《じょうし》に登った。頂上《ちょうじょう》の古い展望台《てんぼうだい》からは、神岡《かみおか》の町が眼下《がんか》に広がっている。

「昨日《きのう》の話、おもしろかったわ。ニュートリノっていう宇宙線《うちゅうせん》は、どんな物でも通過《つうか》していけるいうことはきいてたんだけど、それを忍者《にんじゃ》に見たてたのはショージさんのヒット。理系《りけい》やないわたしの頭でもわかりやすいし、さすが雑誌《ざっし》を編集《へんしゅう》する人やって感心したもん」

「照れるな。カナちゃんとおんなじくらいのレベルなんだけどね」

「いえいえ。マメハウスのチビちゃんたちだけやなしに、一般《いっぱん》の人にもよく伝わると思う。記事になったら読んでみたい」

「ぼくも忍者《にんじゃ》までは思いついたけど、黒豆のヒントを出してくれたカナエちゃんには感謝《かんしゃ》するよ。忍者《にんじゃ》のイメージをずっとわかりやすくしてくれたからね」

「あの子、よく変な思いつきするの」

「変だけど、それが新鮮《しんせん》。とにかく目に見えない極小《ごくしょう》の世界のことだから、忍者《にんじゃ》のイメージにばかりしがみついてちゃいけないんだよ。黒豆のおかげで一歩前進さ」

「へぇ、そうなんや」

「もちろん、ほんとはもっと小さいんだけど、だれにも想像《そうぞう》できる黒豆くらいがちょうどいい。ぼくは、黒豆に手足くっつけて、それが空から飛んでくるイラストを誌面《しめん》で使うつもりでいるよ」

「なるほどね。そういうビジュアルもだいじなんやね」

「そう。とくに目に見えないものを、どうやって表現《ひょうげん》するかってとこが勝負なんだ。イメージしにくい宇宙《うちゅう》の話なんかの場合、どう視覚化《しかくか》するかが、ある意味もっともたいせつ」

「ふうん、目に見えないもの、ねえ。あ、それならもうひとつ教えて。カナエは両親のことをよく尋《たず》ねるのね。こないだも、光より速いスピードで飛んでけば、どっかで六年前の生きとるときのトトカカに会えるんやないの？　って言われて困《こま》ってしまって。そんなむずかしいこと、わたしにはどう説明したらいいか、わからんのにね」

「カナちゃん、すごいこと思いつくな。たぶんアインシュタインの相対性理論《そうたいせいりろん》で、ぼくにもかんたんには答えられないけどね」

「親に会いたいっていう気持ちが強すぎて、行きづまっちゃったのかな。でもね、よくきいたら、太陽の光は八分くらいで地球に届《とど》くって学校で教わったんやって。ていうことは、八分前の光を見とるわけでしょ。そういうことなら、六年前の光のところまで飛んで行きさえすれば、生きとる親に会えるかもしれん、なんて思ったらしいのよ。わたしも、ちょっとそんな気になったわ」

「どう説明したらいいかな。そうやっていろんな想像《そうぞう》をするのは楽しいけど、理屈《りくつ》でそれが無理だって説明するのはむずかしいんだ。とくに子どもにわかるようにって、たいへんだよ」

「そうよねえ、そんなふうに思いこんでるカナエに、どう話したらええか……」

しばらく静けさがふたりを包《つつ》んだ。

虫たちの鳴き声が、夕空に届《とど》くほど大きく広がる。

ショージさんが、ふいに斜《なな》め上《うえ》を差しながら言った。

「おー、ヒサエちゃん、見て見て。ほらあそこ、ゆっくり動いてる赤い点があるでしょ。夕日の四五度くらい上のところ。光ってる。あれ、人工衛星《じんこうえいせい》だよ」

「へぇー、衛星《えいせい》ってあんなふうにはっきり見えるんや。案外、ゆっくり飛ぶんやねぇ」

「状況《じょうきょう》からして、あれは有人の人工衛星《じんこうえいせい》のはず。人が乗ってるって、信じられないよね。なかには無人《むじん》の衛星《えいせい》も飛んでるんだけどね」

「わぁ、そうなんや！　あそこに人が……感激《かんげき》。光っとるのまで見えるわ」

「ちょうど沈《しず》む太陽の反射《はんしゃ》で光ってるんだ。こっちは太陽が沈《しず》んで暗くなったけど、衛星《えいせい》はずっと高いとこにいるから、まだ夕日を反射《はんしゃ》してきれいに光ってる。ゆっくり動いて左のほうへ行って……あー弱くなってきたね」

「人が乗ってるって思うと手をふりたくなるな。向こうからも、こっち見てるかもしれんしね」

「東京でも見たことあるけど、ここで見るって、またちがうね。光り方が都会よりきらきらしてて」

「なんかとてもきれいよね」

「人が星になって飛んでるって思うと、奇跡《きせき》みたいだね」

ヒサエは、トートバッグから星を探《さが》すためのレーザーライトをとりだし、衛星《えいせい》が消えた方向に向けて左右にふった。それから手のひらでメガホンを作り、叫《さけ》んだ。

「また会えるよねぇー」

「また会おうねぇー。きみの飛ぶルートや時間、調べとくねぇー」

ショージさんの声が、正面の山から小さなこだまになって「ねぇー」と返ってくる。

「あー、こだま。久《ひさ》しぶりにきいたなぁ。そうだ、これってカミオカンデが二度もノーベル賞もらったのに似《に》てるよ」

「こだまが？」

「と言うのはね。それがまたノーベル賞の話だけど、だいじょうぶ？」

「うん」

　ヒサエは前を見たままうなずいた。

「初代カミオカンデの一〇倍以上の大きさのスーパーカミオカンデ。それが観測《かんそく》をはじめたのは知ってるでしょう。そこでまた大発見があったんだ。地球の裏側《うらがわ》から飛んできたニュートリノがゆらゆら揺《ゆ》れてる、変身するっていうのかな。そのことがわかったんだ。かんたんに言うと、ちがう物になったり、また戻《もど》ったりしてることがわかった。ただしくは質量《しつりょう》っていうんだけど、それが変身するって覚《おぼ》えとけばいいよ」

「でも、質量《しつりょう》と重さは、おんなじなんでしょう?」

「だから、学者たちは驚《おどろ》いたわけさ。重さがあった、それも二種類も！　となると、想像《そうぞう》していたいろんな仮説《かせつ》が書《か》き換《か》えられることにもなるからね」

「そっか、和服になったり洋服になったりしてるんやね」

「ははは、そりゃまたわかりやすいね。最初はニュートリノの通ったことを観測《かんそく》したことでノーベル賞。つぎはニュートリノが変身するってことを見つけてまたノーベル賞。カミオカンデのふたつの手柄《てがら》は、ざっと言えばそういうことなんだ」

　見晴らし台のベンチに座《すわ》り、前を向いたまま話していたふたりは、おたがいの気持ちがすこしずつやわらかくなっていくのを感じていた。

西の空が最後の明るさを消すと同時に、黒いカーテンが全天《ぜんてん》に広がり、星々《ほしぼし》がいっせいに光りはじめた。

東京の何倍も明るい星空を見あげて、ショージさんのガイドがはじまる。

ヒサエは、その巧《たく》みなガイドをきいているうちに、まるで夢《ゆめ》を見ているような気分になった。

＊

帰宅《きたく》後、カナエとヒサエのいつもより遅《おそ》い夕食がはじまった。

レンジで温めた野菜炒《いた》め、薄切《うすぎ》りのトマト、たくあん、みそ汁《しる》にごはんの簡素《かんそ》なメニューである。ヒサエは、テーブル中央に置いた小皿に、おかずやごはんをすこしずつわけ入れた。その皿をカナエがテーブルのうしろの小さな仏壇《ぶつだん》に供《そな》え、ふたりで手を合わせる。トトカカへのいつもどおりのあいさつが終わる。

「あーおなかすいた。ねえお姉ちゃん、初デートはどうやったのよ？　きかせてよ」

「へへ、まあね。途中《とちゅう》から、なんかうわの空やったわ」

「えっ、なぁに？　それ、空に浮《う》いとるような気分いうこと？　うれしそうに。いいねえ、シヨージさんといっしょでふわふわ気分やったのね？」

「たしかに、楽しかったかなぁ……」

「宇宙《うちゅう》のこと、たくさん教えてもらったの？」

「ショージさんの専門分野《せんもんぶんや》は、むずかしいでしょ。だからわたしには、ちょうど読者を相手にするみたいに話すんだって。そうすると、話しながら気づくことがあって、すごい参考になるらしいのよ。そやから、ショージさんもいっしょうけんめい。つまりわたしは、読者代表いう役割《やくわ》りなんやね」

「わたしがきき役やったら、もっとショージさん楽になるかもしれんよ。なんせ、『ガリレオ』の愛読者やもん」

「いーえ、わたしのほうが役に立ってるよ。カナちゃんより真剣《しんけん》にきくもん」

「そらそうやろ、好きなんやから。けどわたしのほうが、たくさん『ガリレオ』読んどるし」

「ほー、カナちゃんは、なんであの雑誌《ざっし》読むようになったんだっけ？」

「トトが、地元のこと書いてあるって言ってたでしょう。それが本棚《ほんだな》に残ってたから読むようになったん」

「ああ、トトは熱心な読者やったもんね。『ガリレオ』読んで、カナちゃんに星のこと教えるつもりやったんでしょう」

「あの雑誌《ざっし》で、カミオカンデは神岡町《かみおか》の名前からついたんやってことも知って、だんだんおもしろくなってさ。今じゃ、授業《じゅぎょう》より『ガリレオ』読むほうが楽しいって思うときあるわ。ショージさんが書いとるって知ったら、もっと真剣《しんけん》に読みたくなったなぁ」

「ショージさん、きっと喜《よろこ》ぶよ。読者とじかに話せるのもうれしいやろうし、宇宙《うちゅう》の話になったらもう夢中《むちゅう》やからね」

「お姉ちゃん、そこが彼《かれ》のええとこって言ってたやん」

「言ったかな。でも、だんだんそんな気持ちになってきたかもしれんわ。照れるねえ。でも、『ガリレオ』の宇宙《うちゅう》関係の記事は、彼《かれ》が中心になって書いてるそうなんや。カナちゃんも、きっと彼の記事読んでるはずよ」

「うん、カミオカンデは、ニュートリノを探《さが》す顕微鏡《けんびきょう》のようなものって書いてあって、なるほどって思った」

「ショージさんが書いた記事を、カナちゃんが読むなんて、すてきな偶然《ぐうぜん》やね。うれしいわ」

「書いた人のこと意識《いしき》して読んだら、もっと頭に入るよね、きっと。だいたい宇宙《うちゅう》のことは大きすぎるし、ニュートリノは小さすぎるしやろ。でも、書いた人を知っとるおかげで、ずっとわかりやすく思えるね」

「こんど、またショージさんといっしょに話そうよ。どんなむずかしい質問《しつもん》でもだいじょうぶ、ちゃーんと答えてくれるから。研究所の先生の話は高級すぎてわからんけど、ショージさんなら親切にわかるまで教えてくれるし。でも、カナちゃんが言ってた光より速いスピードで六年飛んで行ったら、元気なトトカカに会えるかもって話、ショージさんもお手あげやった。わからんそうや」

「ええのええの。ただの思いつきやもん。わたしだけの宿題や」

「でも、宇宙《うちゅう》ってふしぎでいっぱいでしょう。わかってくるほど、ふしぎが増《ふ》えるような気がするなぁ。なんやろ、ふしぎが増《ふ》えるって……」

8

国境《こっきょう》を越《こ》えたゲスト

飛騨《ひだ》の秋は、それこそ忍者《にんじゃ》のように人びとの近くまでそっと忍《しの》び寄《よ》り、ある朝とつぜんまっ赤な葉っぱになったりして現《あらわ》れる。そんな九月終わりの夕方、カナエたちの家に外国からのお客さんが三人やってきた。

三人とは、日本の宇宙《うちゅう》科学研究所で働くアメリカの大学教授《きょうじゅ》のロバートさん、その女性《じょせい》アシスタントで日本の大学を卒業後に研究所へ入ったイギリス出身のキャシーさん。それからアメリカの現役《げんえき》大学生ながら授業《じゅぎょう》の一環《いっかん》としてボランティアで働いているクリスさん。みんな日本びいきで、前からふつうの日本人の生活を見てみたい、日本の家庭料理を食べたいと思っている。そこでロバート先生は、取材で何度も研究所にきたことのあるショージさんに、スタッフの希望を伝え、カナエとヒサエの家を訪問《ほうもん》することが実現《じつげん》したのだった。

＊

ヒサエ宛《あ》てのショージさんのメールには、「普段《ふだん》の生活を見たいので、あまり気どらずいつもどおりに迎《むか》えてください」とあった。ヒサエは英語の勉強ができると大喜《おおよろこ》び、カナエもカミオカンデからのお客さまというので大はしゃぎだ。

「ショージさんも、あんまり気どらないほうがいいっていうのよ。けど、それって意外にむずかしいよね。ある程度《ていど》のおもてなしも必要でしょう。カナエ、どう思う？」

「うーん、気どらずにってどうすればええんかな。いつもとおんなじなら楽やけどねぇ」

「そうねぇ。かと言って、いつもみたいに残りもん集めてお出しするいうのも失礼やしねぇ」

「それなら、まずお姉ちゃんのしょうが焼き。酒粕《さけかす》入れるやつ、あれはええよ。喜《よろこ》んでもらえる思うよ」

「うん、わたしも考えとった。それからさ、以前にハルバアからもらった飛騨桃《ひだもも》、覚えとる？このへんでしか採《と》れんていうレアもんのフルーツ」

「あーあれね。そうそう、ちょっとくせがあるけど、なんか外国のフルーツみたいな濃《こ》い甘《あま》さで、よう覚えとる。けど八百屋《やおや》ではあんまり見んなぁ」

「あの桃《もも》、ポポーとかいうんやってさ。宮川《みやがわ》の朝市でも売ってることあるらしいよ」

「そういえば、ポウポウとかポポーいうのはきいたことある。なんかおもしろい響《ひび》きやもん、忘《わす》れんよね」

「あのポポー、たしかハルバアの親戚《しんせき》が、めずらしいフルーツあるよってもってきたんやと」

「よっしゃ、お姉ちゃん、ハルバアに頼《たの》んでみようよ」

「ほかにもっと地元《じもと》らしいもん、出してあげたいな。うん、たとえばアユなんかどうかな？」

「え、だいたい外国の人ってアユのことがわかるかなぁ。わたし大好きやしおすすめしたいけど、いくら世界じゅうが寿司《すし》ブームていっても、アユは寿司《すし》ネタやないしねぇ」

「料理しだいかもしれんよ。甘露煮《かんろに》なんかは、骨《ほね》まで丸ごと食べられるから、外国人にはめずらしいかもしれんよ」

ヒサエは料理を考え、カナエは思いつきを話す。

「アユは川で生まれて、小さいときは海ですごすんだって。わたし、アユの体には海が入っとるからおいしいんやって思っとる。きっと、いけるよ」

「うん、わかる気するね。サケとおんなじように川から海へ出て育つということは、外国人にもなじみのある味がする、いうことかもね。甘露煮《かんろに》、おもしろいチョイス」

「お客さんたちがきたら、みなさん、これはアユって魚です。サケとおんなじに海で育って川に戻《もど》ってくるんですよって紹介《しょうかい》できる」

「でもね、前に調べたんやけど、アユって英語はないみたい。スウィートフィッシュ、甘《あま》い匂《にお》いの魚とかいう表現《ひょうげん》でごまかしてる」

「英語にないって、外国にはアユはおらん、いうことなの?」

「そうらしいのよ。アユは日本の魚、そしてわたしらのソウルフード」

「よぉし、アユの甘露煮《かんろに》にしよう。それに漬《つ》けもんステーキも入れとこ」

「うん、わかった。カナちゃんのアイデア、採用《さいよう》する」

「漬《つ》けもんステーキは、箸休《はしやす》めにどうぞって教えようね。でも箸休《はしやす》めがわからんか……」

「まかせといてよ。チョップスティック・ブレイクかなぁ?」

「へえー。お姉ちゃん、やるなぁ」

「よしよし、だいぶそれらしくなってきたよ。いちおう掃除《そうじ》もきちんとしといたほうがいいかもね。おお、緊張《きんちょう》するなぁ」

顔をほてらせているヒサエを見て、カナエは言った。

「ショージさんの仕事なかまに会えるのがうれしいんでしょ!」

＊

夕方六時ぴったりに、ロバート先生、助手のキャシーさん、現役《げんえき》大学生クリスさんの三人は、ショージさんの運転する車でやってきた。大型《おおがた》のワンボックスカーで、じつは翌日《よくじつ》の天生《あもう》高原ハイキング計画に使う予定である。

カナエとヒサエは食卓《しょくたく》に白いテーブルクロスを敷《し》き、赤く色づいたモミジやカエデの葉、四隅《よすみ》には黄色になったカツラの葉を置き、その上に透明《とうめい》なシートを敷《し》いた。カナエは、カツラの葉がちょっと丸めのハート型《がた》に見えるので、小さいころから大好きなのだ。

用意したメニューはアユの甘露煮《かんろに》、豚《ぶた》のしょうが焼きにブナシメジのみそ汁《しる》、漬《つ》け物ステーキなどで、食卓《しょくたく》には地味《じみ》な茶色が並《なら》んだ。けれども白いテーブルクロスと色づいた葉っぱたちが、季節らしい彩《いろど》りを添《そ》えている。

最初にハート型《がた》の葉に気づいたのは、クリスさんだった。

「あ、ハートですね。とてもかわいい」

「よかった、ハートに気づいてもらえて。ありがとうございます。匂《にお》いもいいんですよ」

ヒサエは、クリスさんにカツラの葉を一枚《いちまい》わたした。

「かわいいでしょう」

「いい匂《にお》いですね。バニラのような香《かお》りがします。もらってもいい？」

「どうぞどうぞ、何枚《なんまい》でもおみやげに」

三人は拍手《はくしゅ》と歓声《かんせい》で喜《よろこ》び、赤や黄色の葉っぱを注意深くつまんで匂《にお》いを楽しんでいる。おも

てなし作戦第一幕《まく》は大成功だった。

ヒサエが食卓《しょくたく》の料理を小皿にすこしずつ盛《も》り、カナエは水をお猪口《ちょこ》に注《そそ》ぎはじめた。キャシーさんが質問《しつもん》した。

「それは、どうするのですか？」

タンスの上に置いた仏壇《ぶつだん》に、皿を供《そな》えようとしていたヒサエが言った。

「あ、これは亡《な》くなったお父さんとお母さんにお供《そな》えするんです。分けてあげるの」

外国勢《がいこくぜい》の三人は、この家の両親が亡《な》くなったことをショージさんからきいていた。

「わたしは台所の神棚《かみだな》に水をあげるの。こっちには神さまが祀《まつ》ってあるんです。お父さんが信心してた白山《はくさん》ていう山の神さま」

カナエは両手を合わせて言った。

「わぁ、仏さまと神さまと、両方いるんですね」

キャシーさんは、驚《おどろ》いたようだ。

「仏《ほとけ》さまも神さまも、ほんとうはもっとたくさんいるんですよ。とくに神さまは八百万《やおよろず》といって、もう数えきれないくらいの数なんです」

「キッチンの神さまだけじゃないんだ。たくさんたくさんいるのね」

キャシーさんは、家に入ってくるなり興味津々《きょうみしんしん》の表情《ひょうじょう》であたりを見まわしている。どうやらかなりの知りたがりでもある。

「お父さんとお母さんは仏《ほとけ》さまになって、ここでわたしたちふたりを守ってくれています。夜空にいたこともあるけど、いまはここにもいるんですよ」

「なるほど。キッチンには神さま、こっちの小さな部屋には仏《ほとけ》さまになったヒサエちゃんたちのご両親ね」

ロバート先生が、早口でキャシーさんとクリスさんになにか説明をはじめた。キャシーさんたちは授業《じゅぎょう》をきくように、真剣《しんけん》に耳を傾《かたむ》けている。

ショージさんがヒサエに、

「先生が言うには、日本はアジアのいちばんはしっこでしょう。だからいろんな信仰《しんこう》とか神さまとかの集合場所になったんじゃないかって。ぼくもそういう考え、前にきいたことある。でもヒサちゃんが八百万《やおよろず》って言ったのには、さすがに驚《おどろ》いてるよ。いま、キャシーさんたちにそれを説明してるとこだね」

「そうなのね。研究者って専門分野《せんもんぶんや》だけやなしに、いろんなことに興味《きょうみ》もつんやねぇ」

クリスさんが緊張《きんちょう》ぎみに話しはじめた。

「ぼくの父や祖母《そぼ》も『すべてのこと、あらゆる物がみんなつながっている』といつも話します。ここの習慣《しゅうかん》も同じですね。とてもよくわかります」

ロバート先生が言った。

「クリー、きみはネイティブ・アメリカンの血をもってるんだったね？」

「はい、ぼくの故郷《ふるさと》はニューメキシコ州のサンタフェ。ネイティブ・アメリカン、スー族《ぞく》の家《か》系《けい》です」

先生はカナエたちに向かって、

「カナちゃんたち、わかりますか？　ネイティブ・アメリカンて言われる、アメリカ先住民たちのこと」

ショージさんが加わる。

「日本にもアイヌっていう先住民がいて、スー族《ぞく》によく似《に》た考え方をもっています。アイヌにもいっぱい神さまがいます。クマもサケも木も花も、みんな彼《かれ》らの神さまなんですよ」

クリスさんは、何度もうなずいた。

「そうそう、アメリカの先住民も神さまいっぱい」

キャシーさんが口をはさみ、クリスさんがつづいた。

「アメリカも日本も、先住民たちの考え方って同じなのね」

「ぼくが宇宙《うちゅう》をおもしろいと思ったのは、星たちの伝説やお年寄《としよ》りの知恵《ちえ》について、その深さを知ったから。ぼくのおばあちゃん、星の知識《ちしき》もいっぱいあった。星が季節《きせつ》の移《うつ》り方まで教えてくれる、とかね」

古いアメリカと、古い日本には、似《に》たところがたくさんあるという話題《わだい》で、三人のアメリカ人が盛《も》りあがる。

クリスさんが早口の英語に切《き》り替《か》えて、キャシーさんとロバート先生に話しはじめ、ショージさんもきき手になった。残されたカナエとヒサエは、夕食をはじめられないことが気がかりになる。カナエはそっとヒサエにささやいた。

「お姉ちゃん、食事がはじまらんねぇ。冷めちゃうよ」

「そうなんだよね。でもきいてると、わたしらがやってること、アメリカでも昔からやってきたんかしら。なんかふしぎやね」

ふたりは、冷めてしまったしょうが焼きとみそ汁《しる》を温め直した。

ようやくキャシーさんが、手招《てまね》きしてふたりを呼《よ》んだ。

「ディナーの前にごめんなさいね。わたしもクリーがネイティブの子孫《しそん》だって、はじめて知っ

たの。彼《かれ》はおばあさんから、山や川、木や水や岩にも神さまがいて、わたしたちを見守ってい
ると言われながら、育ったんですって。ショージさんの話もよくわかったって感激《かんげき》してたわ。

飛騨《ひだ》もアメリカもおんなじだって」

「おー、そうなんですね」

カナエは思わず声を高くした。クリスさんがそれを見てにっこり。

キャシーさんが、その肩《かた》をたたいた。

「クリー、日本と共通するところいっぱい発見したって、日記に書いとかなきゃね」

ヒサエがみんなに箸《はし》をもつよう指示《しじ》するそばで、ショージさんが口を開いた。

「アメリカのネイティブの信仰《しんこう》も、日本の古い自然信仰《しんこう》もおんなじですね。あらゆるものに神
さまが宿っていて、食べ物や花や水、そばにある物を捧《ささ》げて手を合わせる。カナちゃんたちき
ようだいも、親に教えてもらったとおり、そうしているんですよ」

ヒサエがショージさんにつづいた。

「ほんとに、神さまってどこにでもいるんだから。カナエなんて、母がやってたとおりに、裏《うら》
の池に花が咲《さ》くと手を合わせて拝《おが》むのね。花のなかに神さまがいるって言うんですよ。あれ?

ミズバショウは仏《ほとけ》さまだっけ?」

カナエは、手を横にふりながら笑っている。

「へへへ。ほんといえば、わたしには神さまと仏《ほとけ》さまの見わけがつきません。どっちもおんなじみたいで」

三人の外国勢《がいこくぜい》にもカナエの困《こま》りようが伝わったらしく、共感の笑顔が返ってきた。

「いやあ、そうなんだね。いつも時代の先っぽばかり見てるけど、こんなに古い部分でクリーさんと話ができるなんて、ぼくも新発見だなぁ」

ショージさんはすこし興奮《こうふん》して言い、ヒサエがその興奮《こうふん》を受けとめる。

「そう言えばね、アメリカの詩人が書き残した古い言葉に、こういうのがあるんやって。山や川も、草や花も、みんな小さな子どもたちから借りてるもの。だからたいせつにしなきゃいけませんって。わたし、子どもから借りているって、はじめてきいて、はっとしたわ」

「そうか。ていうことは、いちばん小さいわたしが、お姉ちゃんやショージさん、先生やキャシーさん、クリーさんたちに、わたしの未来をいっぱい貸《か》してあげとるいうことやね。だったらみなさん、どうぞたいせつに使ってください。そうでないと、未来がなくなってしまうかもしれないから!」

「そのコンセプト、たしかにアメリカの先住民と同じ。よくわかるな。すごいことです」

クリスさんは、この夜いちばんの大声で言った。

＊

カナエとヒサエが六人分の夕食のあとかたずけを終えたのは、一〇時すぎのことだった。

「お姉ちゃん、おつかれさん。あー、おもしろかったねぇ！」

「カナちゃんもようやってくれたよ。ありがとう。楽しかったよねぇ。けどさ、デザートに出す予定やったポポー、今日わざわざもらってきたのに、出すのすっかり忘《わす》れてまって」

「そうやったね。じゃ、天生《あもう》で食べようよ。ランチのデザート」

「よし、リュックに入れとくよ。明日には食べんといかん、味が変わるで」

「それより、今日はいい話たくさんあったから覚《おぼ》えとこうって思うんやけど」

「いまは止《や》めとこうよ。だいじなことは、ちゃんと記《き》憶《おく》に残っていくもんやでね」

「じゃあ楽しかったことだけ覚《おぼ》えといて、もう寝《ね》ようか？　けど、もったいない気もするな」

「その前にひとつだけ。明日の予習ね、天生《あもう》の話」

「えー、なになに？」

「お姉ちゃんは、スペースドームのスタッフと何度も天生《あもう》に行ってるから、ガイド役になるんだけど、ついでに勉強したの。前に天生《あもう》が舞台《ぶたい》になった小説のこと、話したでしょう。おもしろそうな部分をメモしといたんで、きいてくれる？」

「あー、なんかこわい話とかいうやつよね。こんな夜に？」

「だいじょうぶ。夢《ゆめ》みたいなファンタジーだから。でもヤマビルなんて出てくるよ」

「それ、木から落ちてきて血を吸《す》うあれでしょ。わたしもトトに連れてってもらったとき、足にくっついてきて、ぴしゃんてたたいたら血がとびでたわよ。思いだすだけで気持ち悪い」

「それそれ。『高野聖《こうやひじり》』、修行《しゅぎょう》中の若《わか》いお坊《ぼう》さんが天生峠《あもうとうげ》を越《こ》えるとき、木からぽたぽた落ちてくるのがヤマビル、大きなヒル。百年以上前に書かれた物語なのに、どこか美しいようでおそろしい、ニューホラーのファンタジーね」

ヒサエは、声を低くしてメモを読みはじめた。

「こんなふうよ——世のたとえにも天生峠《あもうとうげ》は青空に雨が降《ふ》る。神代《かみよ》から杣《そま》が手を入れぬ森がある……。杣《そま》って木こり、森を守る人のこと。杣《そま》が入ったこともない深ぁい森ね」

「青空に雨って、ほんとに天生《あもう》ではよく天気雨が降《ふ》るのよね。わかる。前に行ったとき、青空なのにトトもわたしもびしょ濡《ぬ》れになったもん」

「小説には、こんなところもあるよ。樹《き》の枝《えだ》から、ぽたりと笠《かさ》の上へ落ち留《とど》まったもの。手をやってつかむと、なめらかに冷《ひや》りときた」

「ヤマビル？」

「そう、ヒル。――見ると海鼠《なまこ》を裂《さ》いたような目も口もないものだが、動物にはちがいない。不気味《ぶきみ》で投げだそうとすると、ずるずるとすべって指の先に吸《す》いついた」

「お姉ちゃん、こわいよ」

「――指の先からまっ赤《か》な美しい血がたらたらと。びっくりしてじっと見ると、肘《ひじ》のところへ垂《た》れかかっているのは、丈《たけ》が三寸《すん》ばかりのヒル」

「三寸《すん》て？」

「九センチ。――この恐《おそ》ろしいヤマビルは、神代《かみよ》のいにしえからここにたむろしていて、人の来るのを待ちつけて、久《ひさ》しい間に何斛《なんごく》かの血を吸《す》うと……っていうの。とにかくすごい量の血を吸《す》うんやと思うね」

「もうええわ。止めて」

「すぐ終わるから。作者はヒルについてそれはこまかく書いてるよ。飛騨《ひだ》の森じゅうのヒルが吸《す》った血は、どうなると思う？」

「そんなに言われると、なんか夢《ゆめ》に出てきそう」

「飛騨国《ひだこく》の樹林《じゅりん》がみなヒルになるってさ。オッケー、あとはじぶんで読みましょう。今夜はこれでおしまい」

「ふぅー、つかれたぁ」

「明日、天生《あもう》へ行くでしょう。湿原《しつげん》のそばで休むでしょう。さあ、科学者たちはヒルのような生き物見てどう思うか、知りたいと思わへん？」

「あーお姉ちゃん、そこが楽しみなんや。いたずら好きね」

「へへへ、わかってくれたね。ショージさんの学問的な話には太刀打《たちう》ちできんけど、みんながヒル見てどう感じるか、反応《はんのう》が楽しみよ。こないだね、スペースドーム閉《し》めたあとで、ケンおじさんが、『スタンド・バイ・ミー』ってアメリカの映画《えいが》を観《み》せてくれたの。いなかの子どもらが冒険《ぼうけん》する物語で、そこにヒルが出てくるんや。それも、お姉ちゃんが蛭ヶ野《ひるがの》で見たよりずっとおっきくてね……」

カナエがとっくに熟睡《じゅくすい》しているのにも気づかないまま、ヒサエのひとり話はそのあとしばらくつづいた。

9

天生《あもう》の森のなかまたち

翌朝《よくあさ》八時、ショージさんの運転するワンボックスの大型車《おおがたしゃ》は神岡《かみおか》を出発した。

九月の終わりにしては暖《あたた》かい朝。町をかこむ山々《やまやま》は半分ほど紅葉《こうよう》に染《そ》まり、残された緑と美しさを競っているように見える。

車に乗ったのはロバート先生、キャシーさん、クリスさんにカナエとヒサエ、それに今朝になって加わったジロータの七人。越中西街道《えっちゅうにしかいどう》と呼《よ》ばれる旧道《きゅうどう》はしだいにせまくなり、標高千三〇〇メートルの天生峠《あもうとうげ》に達《たっ》するには、ヘアピンカーブが連続する細い山道をさらに何度も上《のぼ》り下《お》りしなければならない。

世界遺産《いさん》に登録されてから、多くの人たちに注目されるようになった白川郷《しらかわごう》は、この峠《とうげ》を越《こ》えた先の集落である。けれどもいまでは、新しい高速道路を使って楽に行けるので、峠道《とうげみち》は通る車もすくない、さびしい旧道《きゅうどう》になった。

峠《とうげ》に近づくにつれて、見おろす谷はいよいよ深く、見あげる山はまぶしいほど高く、昔の人びとが「ここで天が生まれる」と信じたのもよくわかる。

もっとも、人があまりこなくなったおかげで、天生《あもう》の豊《ゆた》かな自然は以前よりも生き生きして

いるようだ。クマやカモシカ、サル、オコジョなどの野生動物、オオルリ、ウソ、アカゲラなどの野鳥類から、リンドウ、エゾアジサイ、ニッコウキスゲやブナ、トチ、カツラ、トウヒなどの豊《ゆた》かな植物群《しょくぶつぐん》まで――すべての生き物が以前より光り輝《かがや》いて見える。

それだけでなく、ここには目立たないけれど神秘的《しんぴてき》な表情《ひょうじょう》が隠《かく》れている。緑深い、うっそうとした原生林から視線《しせん》を下ろすと、そこには豊《ゆた》かな湧《わ》き水《みず》で洗《あら》われる湿原《しつげん》地帯が広がる。清らかな湧《わ》き水《みず》を得てミズバショウやザゼンソウが育ち、いろいろな種類のカエルやヘビなどで水辺はとてもにぎやかだ。

近くには、「ひるがの」という名の湿地帯《しっちたい》もあり、以前は蛭ヶ野《ひるがの》と表記されていた。天生《あもう》といい、蛭ヶ野《ひるがの》といい、地名からもこのあたりの神秘的《しんぴてき》な雰囲気《ふんいき》がうかがえる。

＊

車のハンドルをにぎるのはショージさん。助手席のヒサエと、交替《こうたい》で運転する予定である。二列目のキャシーさんとクリスさんは、すぐ肩《かた》を寄《よ》せ合《あ》ってぐっすり。三列目に座《すわ》ったのは、ロバート先生とカナエとジロータで、先生はスタートしてすぐに眠《ねむ》ってしまった。カナエはさっそくジロータに昨夜《ゆうべ》のことを報告《ほうこく》する。

「キャシーさんは、イギリス人で日本語ペラペラ。それにすごい野次馬。どんなことにも興味《きょうみ》が湧《わ》くみたいよ」

「あんなかわいい人に、野次馬は失礼やないか」

「かわいいなんて、おとなに向かってえらそうすぎるよ。それに野次馬は、ほめ言葉で言ったのよ。カツラの葉っぱ八枚《まい》ももってったし」

「葉っぱをおみやげにね。やっぱかわいいなぁ」

「キャシーさんはね、ただの野次馬とちがうよ。日本の大学を卒業して日本が大好き。わたしが神棚《かみだな》にお水あげたら、それはなにかって。ミズバショウの仏《ほとけ》さんに手を合わせると、それもなぜって。もうこっちが困《こま》るくらい質問《しつもん》ばっかり」

「へぇー、さすがやね。日本のこと、もっと知りたいんやな」

「そうね。それからクリスさんは、アメリカのインディアンが祖先《そせん》なんやと」

「あー、なんか雰囲気《ふんいき》ちがうね。かっこいいなぁて思ったのは、そのせいかもしれんな」

「でもインディアンはだめな言い方で、いまはネイティブ・アメリカンって言うんやと。ネイティブ・アメリカンって言われると、それだけでかっこいいね」

「たしかに、響《ひび》きがいいね」

「彼《かれ》、いろんなおもしろいこと知ってるよ。ネイティブの教えにね、すべてはつながっているっていうのがあるんやって。それきいてわたしもお姉ちゃんも、日本語の『ご縁《えん》』を思いだしたよ。ご縁《えん》があるとかいう、あれね。トトカカが結ばれたのはご縁《えん》があったからやってカカが言ってたし。古いアメリカにも、ご縁《えん》とおんなじ考えがあったみたいよ」

「カナ、またおもしろい発見したな。そや、あとでクリスさんにくわしくきいたろかな」

「うん、わたしも知りたいし。ご縁《えん》いうのは、目に見えん糸みたいなもんよね」

「ははは、ゴエンはミエンね。ほんなら三人目、ロバート先生はどんな人？」

「うちのトトやケンおじさんとおんなじくらいの年で、落ちついた学者いう感じ。キャシーさんとクリーさんが英語で話すと、わたしらにちゃんと通訳《つうやく》してくれるし、ほんとにお父さんみたいね」

「そうか。けどいまはいびきかいたりして、ふつうの人や」

「そりゃ眠《ねむ》たいから仕方《しかた》ないよ。小さいころ、トトカカは北斗七星《ほくとしちせい》まで旅に行ったって、うそつかれとったでしょう。先生にその話したら、じつはまだよく見たことないって言うの。研究所ではむずかしいこと考えとるんでしょうけど、北斗星《ほくとせい》見たことないなんて意外よね」

「はぁ、そういうもんか。宇宙《うちゅう》の研究に、北斗七星《ほくとしちせい》はあんまり関係ないんかもしれんけど」

「でもね、ゲームはやるらしい。それもテニスゲームみたいに単純《たんじゅん》なやつ、ああいうのが好きなんやて」

「やっぱり変わっとる」

車のスピードが落ちて、ふたりはまた急カーブかなと足を踏《ふ》んばった。

「峠《とうげ》に着きましたよー」

ショージさんが前方を見ながらいった。助手席のヒサエはふりむいて、うしろの乗客に向かってにっこりあいさつする。

車の正面に「右→白川郷《しらかわごう》」の道路標識《ひょうしき》、それに並《なら》んで「泉鏡花《いずみきょうか》作『高野聖《こうやひじり》』由縁《ゆかり》の地 天生《あもう》峠《とうげ》。標高一二九〇米《メートル》」の標柱《ひょうちゅう》が立っている。一時間半ほどのドライブの間、ほとんど眠《ねむ》っていた研究所の三人は、窓《まど》からあたりをきょときょと見まわしている。

外へ出てみると、この時期にしては暖《あたた》かすぎるほどだ。クリスさんとキャシーさんは、ウインドブレーカーをバッグにしまってT《ティー》シャツ姿《すがた》に、ロバート先生もヤッケを脱《ぬ》いでいる。

カナエはそれに気づいて、ジロータにささやいた。

「ねえジロー、外国人は暑がり多いね。観光客も寒いのに平気でT《ティー》シャツで歩いとる」

「カナもセーター脱《ぬ》いだね。ぼくはあかん、寒がりやから」

「わたし、ちょっとおしっこタイム。行ってくるね」

「おい、女子が平気でおしっこなんて言うなよ」

「男子ならええの？　そんなんおかしいでしょ」

「カナはいちいち厳《きび》しいなー。わかったよ、ごめん」

「そやジロー、ここのトイレ、屋根が大きくて合掌造《がっしょうづく》りでしょ。手を合わせとこうね」

大きな駐車場《ちゅうしゃじょう》のまわりの樹木《じゅもく》は、神岡《かみおか》よりさらに濃《こ》い赤と黄と緑の競演《きょうえん》で、高く大きく育ったことを誇《ほこ》っているようだ。一行《いっこう》は声もあげずに、しばらく豊《ゆた》かな自然の大きさをながめるばかり。数分置いて、ヒサエがみんなを手招《てまね》きした。

「じゃあ、ここからはわたしのガイドで天生《あもう》の自然公園に入ります。あそこの案内所で入山《にゅうざん》の記入をしますが、足元に泥《どろ》落としのシートが置いてあるでしょう。あれで靴底《くつぞこ》をきれいにしてください。俗世《ぞくせ》の泥《どろ》をもちこまないっていう、自然を守るためのエチケットですから」

一行の先頭はヒサエ、つぎにカナエとジロータ、ロバート先生、クリスさん、キャシーさんの三人、最後にショージさんとつづく。ハイキングルートとして整備《せいび》されたコースには、見とおすかぎり、ほかに人は見あたらない。

歩きはじめて三〇分、さっきまで八月終わりの強い日差しに焼かれていた一帯が、忍《しの》びよるように山からおりてきた白い靄《もや》に覆《おお》われはじめた。靄《もや》はひんやりしていて、あたりの熱気を静めていく。カナエは前を行くヒサエに、

「わあ、お姉ちゃん、雲んなかに入ったみたいやねー。すごいすごい」

「靄《もや》はええけど、むっとするのがちょっと気になるな」

「上は、あんなきれいな青空やのに？」

「でもね、気をつけなきゃ。こんなむし暑いときは雷《かみなり》がくるかもしれんて、案内所のおじさんも言っとったでしょ」

「うん、天生《あもう》の天気は変わりやすいからってね」

「それとね、ふつうとちがうとくべつな山におるのやからね」

「なに、それ？」

「ハルバアが言っとったよ。北のほうの白山《はくさん》が大きい神さまの山としたら、天生《あもう》はその弟分みたいな山。おんなじようにとくべつなんやって」

うしろからジロータが入ってきた。

「へえー、そんなら拝《おが》んどくか。どっち向いて手合わすんや？」

「それは親方《おやかた》の白山《はくさん》よ。北はあっち」

カナエが方位計を見て指をさす。ジロータがおもしろ半分にきいた。

「手は何回たたく？」

「そんなこと、決まりはないの。気持ちの分だけやればいいよ」

「じゃ気持ち七つ分。今日参加した人の数だけ」

ジロータはすばやく七回手をたたいた。うしろについていた外国勢《がいこくぜい》三人は、カナエの指示《しじ》する方向に向かって手を合わせ、小さい声でぶつぶつ言っている。それぞれの祈《いの》りの言葉なのだろう。

いちばんうしろのショージさんが、なにか見つけたらしく声をあげた。

「あ、この花、なんていうんだったかな？　ほら、えーっとニッコウキスゲじゃなかった？」

ヒサエが、しゃがんでいるショージさんの手元を見ながら、

「そう、ニッコウキスゲ。ショージさん、よく知ってるね」

「以前、日光《にっこう》の中禅寺湖《ちゅうぜんじこ》に行ったとき、きれいな群生《ぐんせい》に出会って覚えちゃったんだ」

「このあたりじゃ、ハクサンキスゲって言われてる。おんなじ花だけど、神さまが宿る白山《はくさん》のものを、敬意《けいい》を表してハクサンキスゲって呼《よ》ぶのよ」

カナエが口をはさむ。

「わたしも、トトによう言われたの。飛騨《ひだ》のキスゲは白山《はくさん》でも咲《さ》くから、ハクサンキスゲって。とにかく、トトは白山《はくさん》が好きやったなぁ」

ジロータが、ふりかえりながらつぶやいた。

「へえ、カナちゃんのお父さん、信心深かったの？」

「うん。うちのトトは、どこに行っても白山《はくさん》が見えるとかならず拝《おが》んどったもんね。リスペクトいうやつよ」

すぐ前にいたショージさんが何度もうなずきながら、

「お山リスペクトか。白山信仰《はくさんしんこう》って古い歴史があるからな」

リスペクトという英語に反応《はんのう》して、キャシーさんがショージさんになにか質問《しつもん》した。クリスさんとロバート先生も加わって英語の授業《じゅぎょう》がはじまる。ヒサエはその聴講生《ちょうこうせい》になって集中している。

残されたカナエとジロータには、まだ英語がよくわからない。そこで、四人の表情《ひょうじょう》を読みとりながら、じっと観察した。

「ジローわかる？　ショージさんが花を見せて、あっちを指さしたやろ。あれはたぶん日光《にっこう》のことやね。あっ、こんどは白山《はくさん》を見て手を合わせる！　信仰《しんこう》の山いうこと、伝わったみたい」

「わかった！　神さまが花の名まえを変えたのね。すばらしい！」

ほとんど叫《さけ》ぶようにキャシーさんが反応《はんのう》した。クリスさんは何度も静かにうなずき、ロバート先生は小さなふたりに向かって親指をつんと立てた。

「あの三人、わかるのが早いね。さすがに頭の回転が速いんやなぁ」

「ぼくも感じるんやけど、なんかね、日本のことを気に入ってて、だから理解《りかい》が早いっていうか、深いっていうか。えらいよね」

「それもさぁ、目に見えん神さまみたいなもんにまで興味《きょうみ》をもつ、そういうとこがすごい。わたしが言うのはえらそうやけど、なんかうれしいよ」

「ようわかるよ。あの三人をリスペクトや」

「ふふふ、そうよね」

＊

ハイキングコースは、ゆるやかに登ったり下ったりをくりかえしながら、自然公園の人気スポットに出た。一帯はカツラの古い巨木《きょぼく》の群生地《ぐんせいち》で、コースが木々《きぎ》の間を抜《ぬ》けていくところから、カツラ門と呼《よ》ばれている。

何本もの太いカツラの幹《みき》から、枝《えだ》が何本もくねくねと折《お》れ曲がりながら空につきでている姿《すがた》は、まっ黒な腕《うで》をふりあげたおそろしい妖怪《ようかい》のようだ。カナエは以前ここにきたときも、（空の上から見はられているみたいでこわいなぁ）と、息をのんで通ったのをよく覚えている。

あのときに比《くら》べたら、こわかった黒い枝《えだ》ぶりがどこかおとなっぽく、しっかりした感じで頼《たの》もしげに見える。カナエは、（木はほとんど変わってないんやから、変わったのはこっち。わたしもこの何年かで頼《たの》もしくなったんや）と気づいた。

「ねえジロー、わたし、おとなっぽくなった？」

「なんや、とつぜん。そんな変わっとらん。カナはカナや」

「でもね、前にここへきたとき、すごいこわかったんやけど、今日は平気なのよ。これってわたしがおとなになったからでしょう？」

「へー、こんな古い木のお化けみたいなやつが、そんなこと教えてくれるの？」

「お化けみたいやから、よけいわかることがあるって感じるな」

「それって、カナらしいね」

ロバート先生がいちばん高くて太いカツラの木を見あげて、ショージさんにきいた。

「これ、英語でなんて言いますか？」

ヒサエはリュックから『日本樹木図鑑《じゅもくずかん》』という小型《こがた》で分厚《ぶあつ》い本をとりだした。

「お、ありがたい。さすがヒサちゃん」

ショージさんは、表紙をロバート先生に見せてからカツラを探《さが》した。

「うーん、学名でヤポニカムとか表記してあるから、たぶんほかの土地にはない種類だろうと思うな。どう説明したらいいか、むずかしいね」

開かれたページの英文をたしかめたロバート先生は、カツラにカメラを向ける。

「アメリカにはないようですね。記録として残しときます」

「でも図鑑《ずかん》が役に立ってよかったわ。先生も写真撮《と》ってるくらいだから」

ヒサエはショージさんと笑顔を交《か》わしながら、みんなを集めて歩きはじめた。

「はーい、みんな。もうすこし行くと湿原《しつげん》に出ます。ここでいちばんとくべつな生き物はヒル。天生《あもう》高原の一帯には湧《わ》き水《みず》や湿原《しつげん》がたくさんあって、いろんな生き物がいます。でも、ここのヒルが全国的に有名になったのは、百年以上も前に書かれた小説からなんです。大きなヤマビルがぱらぱらと木から落ちてきて、下にいた若《わか》いお坊《ぼう》さんの血を吸《す》って……」

ヒサエはゆっくり歩きながら、物語を紹介《しょうかい》していく。

「ひとつの場所に座《すわ》っていたりすると、ヒルは足やおしりからあがってきて、体のやわらかい場所から血を吸《す》うんです。なので歩きながらが安全」

　クリスさんは、物語をきいてから手をあげた。

「アメリカにもヒルの話があるよ。ホラー小説家のスティーブン・キングもヒルのこと書いてます。映画にもなった有名な作品。少年たちが死体を見たくて遠くまで冒険《ぼうけん》する物語。深い池を泳ぐシーンで、たくさんのヒルにかまれるんだ」

「あーそれ、『スタンド・バイ・ミー』って映画《えいが》でしょう。入院生活のときに観せてもらったな」

　ジローータが反応《はんのう》した。

「そう。世界じゅうで大ヒットした有名な映画ですね」

　クリスさんは、話をつづけた。

「でも、あの話は、ホラーじゃなくて心温まる作品。ぼくは大好きです」

「ぼくもヒルの場面は覚えています。ここらで見るより二倍くらい大きいヒルだった。アメリカはとても大きな国だから、ヒルまででっかくなるんかな」

　ヒサエは、ジローータにつづいて解説《かいせつ》した。

「ヒルも大きい、土地も大きいし、人びとも大きい。でも、このあたりのヒルは小さくて、歩いていれば吸《す》いついてこないからだいじょうぶよ」

西の青空に灰色《はいいろ》の雲が広がってきたのが、ヒサエにはすこし気がかりだった。

「みなさーん。もうお昼だから、この先の広い場所でランチにしましょう」

七人は一〇分ほどで広場に出て、座《すわ》りこんだりごろりと寝転《ねころ》がったり。ナップサックやリュックからそれぞれサンドイッチやおにぎりをとりだして、ランチタイムがはじまった。

「あれー、雲の動きが速くなってきたな。あのあたり、青空とけんかしてるみたい。厚《あつ》い雲が勝ちそうだよ。あ、いま雲が光った。こりゃひと雨くるな」

空を見ていたショージさんが言い、ヒサエもみんなに注意をうながした。

「あの雲、内側が光ったよね。空気も冷たくなってきたし、これは要注意かも」

ハイキングの楽しい気分が、ちょっぴり冷やされる。けれども外国勢《がいこくぜい》の三人は、おかまいなし。ヒサエは、コース入口の案内所できいたおじさんの言葉を思い浮《う》かべた。

「今日はえろう暑いで、天気が急に変わるかもしれん。おかしいなと思ったらすぐ帰ってくるほうがええよ。ちっちゃい子もいっしょにおるしな」

「ねえ、みなさん、ごめんね。また急いで食べ物をしまってください。雨が降《ふ》ってきそうなんで移動《いどう》しまーす」

西の山の方角から、黒さを増《ま》した雲がこちらに向かってぐんぐんおりてくる。

「ちょっと気になるのが、雨だけやなくて雷《かみなり》もいっしょにきそうなこと。もってるレインウェアをいまのうちに着て、準備《じゅんび》しといてね」

雲の流れをじっと見ていたヒサエとショージさんに、みんなの視線《しせん》が集まる。全員が雲に包まれると同時に、大粒《おおつぶ》の雨がぱらぱらと落ちてきた。

「うーん、先へ行かないほうがいいかもしれんね」

「ぼくもそう思う。よし、さっき通ったカツラ門まで戻《もど》ろう。道は下《くだ》りになるから楽でしょう。ジロータくん、いちばんうしろを守ってね」

ショージさんが落ち着いた声で言い、先頭に立った。ジロータは「守って」と言われたのがうれしくて、右手をあげ小鼻を大きくした。

すぐうしろで、低い雲がきらっと白く光り、つぎの瞬間《しゅんかん》、乾《かわ》いた雷鳴《らいめい》がごろごろとあたりに響《ひび》く。ヒサエはショージさんのうしろにつき、離《はな》れないようにとカナエの手をしっかりにぎった。雷鳴《らいめい》がさらに大きくなり、近づいてくる。

研究所の三人はさすがに学者とその助手、落ち着いたものだ。まだおなかがすいているらしく、キャシーさんだけは歩きながらサンドイッチを食べている。カナエは、（お姉ちゃん、わたしのことタフや言うけど、キャシーさんのタフにはかなわんな）と思った。

しばらく、だれもが口を閉《と》じたまま歩きつづけた。

とつぜん、ばりばりとおなかに響《ひび》く低い音がして、ヒサエは尻《しり》もちをついて叫《さけ》んだ。

「キャッ！」

一瞬《いっしゅん》、なにが起きたのかわからなかった。しっかりにぎっていたはずの妹の手を放してしまった。あわててふりむくと、カナエがきょとんとした表情《ひょうじょう》でこちらを見ている。

「お姉ちゃん、ぴょんてとびあがったよ」

「え、そうやった？　カナエはだいじょうぶ？」

「うん平気よ。お姉ちゃんこそだいじょうぶなん？」

ショージさんが、ヒサエの肩《かた》に手を置いて言った。

「よかったぁ。ヒサちゃん、ほんとにぴょんてとんだんだよ。そのあと尻《しり》もちついたけど、平気だったんだね」

「わたし、とんだの？　ほんとに？」

「そうや、とびあがったんだよ」

ふたりが真剣《しんけん》にうなずくので、ヒサエもなにが起こったのかわからないまま受けいれるしかない。するとこんどは、きーんという耳が破《やぶ》れそうな振動音《しんどうおん》といっしょに、コースのすぐ横に立っているブナの木の太い枝《えだ》が、めりめりと音を立てて折《お》れはじめた。枝《えだ》は皮一枚《いちまい》で幹《みき》とつながっていて、湯気《ゆげ》を出しながら近くの木にもたれかかるように倒《たお》れた。

落雷《らくらい》の瞬間《しゅんかん》――それは七人にとって、まるでスローモーション映像《えいぞう》を観ているようだった。

ヒサエがわれに返ったのは、生《なま》の木が燃《も》える臭《にお》いを感じたときである。じっとり湿《しめ》った空気をつら抜《ぬ》いて、ヒサエの鼻をつーんと刺激《しげき》する。

「あーびっくりした。雷《かみなり》、あそこに落ちたんやね。なんか、こげ臭《くさ》いな」

「お姉ちゃん、さっき雷《かみなり》に打たれたんやない？」

外国勢《がいこくぜい》三人と、ショージさん、ジロータも雷《かみなり》ときいて、あわててヒサエの顔を見つめている。

濃《こ》い灰色《はいいろ》の雲が、七人の頭上からうしろへ流れていく。雲の走ったあとには、早くも青空が戻《もど》ってきている。

「前よりは雷《かみなり》も弱くなってきたみたい。これ以上はひどくならんやろね」

それをきいてみんながちょっと胸《むね》をなでおろしたとたん、こんどは体をゆさぶるようなばりっという雷鳴《らいめい》がとどろいた。いちばん驚《おどろ》いたのはカナエである。両手をにぎりしめ、くちびるをかみしめて耐《た》えたものの、ヒサエが「だいじょうぶ？」と声をかけたとたん気持ちがゆるんで、しゃくりあげながら泣きはじめた。

「でもでも、なんかこわいよぉ」

「早い雷《かみなり》は消えるのも早いんや。もうすこしのがまん。ほら、さっきのより、いま光ったほうが弱いでしょう。だいじょうぶ」

ヒサエは、カナエの手をもう一度強くにぎりしめた。

雷光《らいこう》が弱くなって五分とたたないうちに、雨が土砂降《どしゃぶ》りになってきた。どーっという雨音で耳が痛《いた》いほどである。豪雨《ごうう》は整備《せいび》された歩道に集まり、段差をつけて並《なら》べられた丸太ごとに小さな滝《たき》になって、流れ下っていく。

雨が強くなるにつれて、雷鳴《らいめい》はすこしずつ小さく、遠くなっていった。

「もうすこしでカツラ門よ。大きな木の下ならすこしは雨よけになってくれるから、そこまで行って休みましょう」

「けど、雷《かみなり》、こわいよ」

不安そうなカナエに向かって、ヒサエはさとすように言った。

「もうだいじょうぶ。さっき腕時計《うでどけい》を見たら止まってて、文字盤《もじばん》が曲がってるの。雷《かみなり》がここ通ったのよ。わたしが打たれたとき、あいつは駆《か》け足《あし》で下に抜《ぬ》けてったんやね」

「ひゃー。お姉ちゃん、よう平気やったなぁ」

「いーえ、わたしが無事やったのは、この時計が守ってくれたからよ。こいつがいちばんえらいの。どうぞほめてやってね。時間は止まっちゃったけど」

ヒサエの足は、じつはぶるぶるふるえていた。けれども、大げさに左腕《ひだりうで》を高くあげたので、拍手《はくしゅ》が湧《わ》きあがった。

「たしかに、雷《かみなり》がいるうちは木の下は危険《きけん》だけど、もう離《はな》れていったようだからカツラ門で雨宿りしましょう」

ショージさんの落ち着いた言葉に、カナエとジロータだけでなく、外国勢《がいこくぜい》も表情《ひょうじょう》をやわらかくしている。

二〇分ほどで、大樹《たいじゅ》の森が見えてきた。さっき通ったときに、黒い妖怪《ようかい》のようだったカツラの巨木《きょぼく》たちが、カナエにはじぶんを守ってくれる頼《たの》もしい門番にも見える。

「ここは、巨大《きょだい》なテントだね」

そう言って真上を見たのはクリスさん。七人の頭上にはカツラが二本、一〇メートルほど上で、もたれかかるように交差《こうさ》している。まだ、風にあおられて斜《なな》めに飛んでくる雨粒《あまつぶ》が頬《ほお》をたたく。けれども太い枝《えだ》には、雨をさえぎってくれる葉っぱが生《お》い茂《しげ》っていて、その下はクリスさんのいうとおり、大型テントのようだ。

「落ち葉をクッションにして、雨が収《おさ》まるまでひと休みしましょう」

ヒサエがみんなをうながして座《すわ》らせたところで、ロバート先生がおどけた。

「みなさん、ランチをつづけましょう。腹《はら》へったー」

みんなで大笑いしたまではよかったけれど、すぐに騒《さわ》ぎがはじまった。

「サケのおにぎり、雨でぐちゃぐちゃ」

とクリスさん。先生も叫《さけ》んだ。

「あれー、ハンバーガーもびちゃびちゃになっちゃったよ」

残したランチが、どれも豪雨《ごうう》でほとんど水浸《みずびた》し。ヒサエは思いだした。

「みなさん、安心して。緊急用《きんきゅうよう》フードあります。とってもおいしいフルーツです。ショージさん、重いのにおつかれさまでした。これ、飛騨特産《ひだとくさん》のフルーツで、とくに疲労回復《ひろうかいふく》には効《き》き目《め》ばつぐんですよ」

ショージさんがバッグからとりだしたフルーツを見て、クリスさんが驚《おどろ》いて大きく目を見開いた。

「わー、ぼく、食べたことあるな。パウパウっていうフルーツです」

カナエはぽかんとしていたが、ヒサエが言葉をかえした。

「なにしろ、腐《くさ》りやすくてあまりお店に出ない、まぼろしのフルーツなのに、それがアメリカにもあるなんて！」

「アメリカではプアマンズバナナ、貧《まず》しい人のバナナって名前で知られています」

クリスさんは、ショージさんに英語で話し、ショージさんがカナエとヒサエに説明する。

「この木が庭にあれば、いつでも食べることができるから、貧《まず》しい人のためのバナナだって言ってるよ。ポポーは栄養のかたまり、病気にポポー、貧困《ひんこん》にポポーだって」

「へえー、びっくりね」

「お姉ちゃん、アメリカの人たちもポポー食べとる、いう話なんでしょう。それが日本の山奥にもあったなんて、これもなんかご縁《えん》なのかなぁ。おもしろいねぇ」

「よし、みんなで食べよう。ちょっと皮が黒いとこも増《ふ》えとるけど、このくらい熟《う》れたのがいちばんおいしいんで、だいじょうぶ。たくさん切るよ」

ショージさんが言うと、ジロータがナイフでポポーをきり分け、みんなに配る。

最初にかぶりついたのはクリスさん。

「わー、とても甘《あま》いね！」

「とろっとしてて、バナナって言うよりは、カスタードクリームかな」

とショージさん。

キャシーさんと先生は、カスタードときいて親指をあげてうなずいた。

「マンゴーのような、うーん、メロンのような……」

カナエとヒサエは、夢中《むちゅう》で食べている。

こうして、荒《あ》れ模様《もよう》の天生高原《あもう》を歩きまわり、豪雨《ごうう》と雷《かみなり》に襲《おそ》われたあとで食べたポポーは、七人全員に味わったことのないおいしさと元気を届《とど》けてくれた。

＊

はげしい雷雨《らいう》がさったあと、びしょぬれの体をいやしてくれたのは、カツラ門のうしろ側から差してきた午後の太陽である。七人は、門の前からゆるやかに下《くだ》っていく遊歩道を見おろすように座《すわ》っている。ロバート先生が、雨に洗《あら》われた青空を見あげて言った。

「あそこに、飛行機雲があります。見えますか？」

澄《す》み切《き》った空に、一筋《ひとすじ》の飛行機雲がくっきりと走っている。

「わたしは今、雲を見ないで、飛行機を見ていますよ」

肉眼《にくがん》では飛行機は見えない。けれどもクリスさんとキャシーさんはすぐに気づき、そのあとショージさんも先生の話を理解《りかい》した。残された三人はむずかしい顔のまま。

「よし、じゃあぼくが説明するね。ジローくん、雲の左右のはしをよく観察して。どっちがくっきりしてるかな？」

「……そっかぁ、雲の右のほうがくっきりしてて、前に伸《の》びていっとるよね。そのすぐ先にヒコーキがおる、いうことや。見えんけど、先生は雲があるから飛行機が見えるって言ったんやね」

「そのとおり」

思わずカナエが「見えぬものでもあるんだよ――金子みすゞ」とつぶやいた。

「お姉ちゃんも言おうと思った。カナちゃんに先越《こ》されたぁ」

ロバート先生は、とてもうれしそうに言った。

「それ、小柴《こしば》博士の言葉です。見える物で見えない物を見つける。ニュートリノもその精神《せいしん》で見つけました」

ジロータが手をあげた。

「そのエピソード、小柴《こしば》先生の講演会《こうえんかい》でききました」

「わたしは今年の夏、ショージさんからききました」

最後にヒサエも加わり、六人の笑い声がカツラ門の先まで響《ひび》きわたった。

青空はさらに広がっていく。みんなの冷え切った背中《せなか》が日差しに暖《あたた》められ、カナエの前に座《すわ》っていたクリスさんのジャケットから、かすかに湯気《ゆげ》があがっている。

「クリーさん、あったかそうですね」

「ぼく、いま、背中《せなか》で太陽を見ています」

カナエには、クリスさんの言っていることがすぐわかった。カナエ自身も、日差しを背中《せなか》全体で見ていたから。

ほかの人たちも、おなじように感じていた。しばらく、だれも口を開かなかった。

そのかわり、響《ひび》いているのは葉っぱから落ちる雨だれの音と、足元を流れる小さな滝《たき》の音だけ。そんな雨のあとの森の鼓動《こどう》が、高い湿度《しつど》でいまにも水滴《すいてき》になってこぼれそうな空気のなかを、ゆっくりと満たしていく。

「お、クリケット……」

静けさを破《やぶ》って遠慮《えんりょ》がちに声をあげたのは、クリスさん。彼《かれ》はみんなを見まわすと、人差し指をくちびるの前に立てた。

「クリケット……、日本語では、たしかコオロギですか?」

カナエは、雨あがりの森の音に耳を傾《かた》むけた。すると、雨だれの音や水の音よりもっと高い音域《おんいき》で「チチチチ、キキキキキ」と小さな響《ひび》きがきこえてくる。

(あれー、これはきき覚《おぼ》えがある。おー、だんだん響《ひび》きが広がってきたよ。あ、もしかしたら! コオロギ?)。

「ジロー、お姉ちゃん、ショージさん、きこえる? コオロギみたい。こんなひどい天気のあとでも鳴《な》くのかな?」

「そやな」、「そうやわ」、「まちがいない」

ほとんど同時に三人がうなずいた。集中していると、そこらじゅうからチチチ、キキキがきこえてくる。やがてその声は何百何千何万と重なり、響《ひび》き合い、雨だれや流れる水音を巻《ま》きこむ合唱《がっしょう》になって、森の大音楽会がはじまった。

「クリー、この虫、アメリカにもいるんだよね?」

「そう、ぼくの父、この鳴《な》き声が大好きなんですよ。日本でこんなたくさんの友だちに会うなんて!」

ショージさんはクリスさんに向かって何度も親指を立て、両手を大きく広げてその巨大《きょだい》なスケールの合唱《がっしょう》を楽しんでいる。

ロバート先生が、急に立ちあがった。

「あれー、足になんかくっついているよ。わあ、ヒルだ！」

先生はジーパンをたくし上げ、足首《あしくび》に吸《す》いついていたヒルを指で引っぱった。ヒルは二〇センチほど伸《の》びたところで口を離《はな》し、ぴゅっと縮《ちぢ》んで手のひらのなかへ。先生は、それをカツラの木の根元にそっと置いた。

「みんなはだいじょうぶ？」

と注意されて、残る六人もあわてて立ちあがったりお尻《しり》をたたいたり。

「わあー、ぼくの膝《ひざ》のうしろにも」

ジロータがズボンを下《さ》げ、パンツ丸出しで叫《さけ》びながら、体をひねってヒルをつまみあげた。それをみんなに見せ、遊歩道脇《わき》の茂《しげ》みにポイと捨《す》てて、得意げにほほえんだ。

ヒルにとって、人間の脛《すね》や膝《ひざ》のうしろは皮膚《ひふ》が薄《うす》くて血を吸《す》いやすい、ありがたい部分である。彼《かれ》らは、ここしばらく暑さと乾《かわ》きで眠《ねむ》っていたところ、久《ひさ》しぶりに土砂《どしゃ》降《ぶ》りの雨を浴《あ》びて元気になり、人間を襲《おそ》ったのだろう。

さいわい、吸《す》いつかれたのはふたりだけで、残りの五人は足首あたりをはいあがりつつあるヒルを、つまみとっては捨《す》てるの格闘《かくとう》中である。

カナエは、足首のすこし上をさらに上へ進もうとしている一匹《ひき》をつまみ、ぬるっとした感触《かんしょく》に身震《みぶる》いした。けれどもジロータがさも楽しそうにヒルを扱《あつか》ったので、負けてはいられない。思いきり遠くに投げれば、恐怖《きょうふ》もいっしょに消えるだろう。

「吸血《きゅうけつ》ヒルめ、飛んでけー」

カナエの叫《さけ》び声に送られて、それは木立《こだち》の奥《おく》に消えた。

ひとり残されたショージさんは、防水《ぼうすい》加工のチノパンを下ろし、パンツのうしろ側に手をつっこんだり、上下に動かしたり、悪戦苦闘《あくせんくとう》をつづけている。

「いや、ちがうな。ここじゃない。でもこのあたり、変な感じ」

ヒル退治《たいじ》を終えた六人の目が、ショージさんに集まる。ショージさんはパンツのなかに手を入れた。六人の「まさか!」という視線《しせん》と、ショージさんの「ここか!」という表情《ひょうじょう》が交差する。右手の親指と人差し指にはさまれて出てきた、まん丸に太ったヒル——おそらくたっぷり血を吸《す》ったにちがいない。ショージさんが思いきり腕《うで》をふって放り投げる。それはくるくる回りながら飛び、カツラの木の長い枝《えだ》にへばりついた。

「ショージ、まるで『スタンド・バイ・ミー』のゴーディーだね」

クリスさんが叫んだ。

「血だらけの手を見てびっくりする少年よね」

キャシーさんの説明で、ジロータは映画《えいが》を思いだした。あの場面でゴーディーは、パンツから出した手に血がついているのを見て、気絶《きぜつ》してしまったのだ。

「だいじなところがちょっと痛《いた》かゆくて、血も出てる。でも映画《えいが》とおんなじここだよ――あれえ、みんな見てるけど、ぼくは気絶《きぜつ》しないからね！」

笑い声がはじけた。

ひとり残されたカナエは、映画《えいが》を知らない。それよりなにより、さっきから気になっている疑問《ぎもん》について、どうしてもみんなにきいてほしくなった。

「ねえ、楽しい話題にわりこんでごめんなさい。質問《しつもん》があります。わたしの頭のなかは、いまいろんなことがさっきの嵐《あらし》みたいに駆《か》けまわってて、きちんと整理できとらんけど、知りたいのは、見えるものと見えないもののこと――だれか教えてください」

カナエの真剣《しんけん》な表情《ひょうじょう》を見て、ほかの六人はすっと静かになった。

「わたしが見えないものにはじめて興味《きょうみ》をもったのは、ニュートリノからです。ジローがいっしょうけんめいに説明してくれるんで、しょうがないと思いながらきいてくうちに、忍者《にんじゃ》みたいになかなか見つけられんものって考えたらすこしおもしろくなってきて。つぶつぶやから黒豆忍者《にんじゃ》やって言ったらジローが喜《よろこ》ぶし、わたしもなんかイメージが浮《う》かんできて。そしたらこんどは川原に連れてかれて、飛騨片麻岩《ひだへんまがん》いう岩を見せられて、これがノーベル賞に結びついて――それでいろいろ考えて、研究所の仕事がだんだんわかってきました」

「ねえカナ、質問《しつもん》はなんなの？」

ジローが口を出し、カナエは両手で待ったをかけ、話をつづけた。

「わたしは見えないものを忍者《にんじゃ》に見立てて、それでニュートリノがわかるようになったんです。みんなも、それはおもしろい見方やっていうし、そんなふうに考えを進めていけばええって自信をもったんです。けど、さっきロバート先生の話に出てきた飛行機雲のことや、クリーさんがお父さんに教えてもらったって――なにもかもつながってる、そういうのは、みんな見えないもんばっかりやって気づきました。でもそうなると、わたしがニュートリノは黒豆忍者《にんじゃ》って見えるようにしてしまったのは、まちがいやったか、考えこんでしまったの。だれか答えを教えてください……」

カナエの声がふるえはじめた。みんなはしばらくだまったままで、最初に口を開いたのはジロータだった。

「ひとつの答えを見つけるのに、そこへ行くまでの道はいくつあってもええんとちがう？」

カナエは、じぶんをとりもどしたように目をぱちぱちさせて、ジロータを見た。

「ごめん、ちょっと興奮《こうふん》してまって……。ジローはそうかもしれんけど、見えんものはなぜかだいじなもん、いうふうに思うんや。それなのに、似《に》てるからってすぐ忍者《にんじゃ》を出すのは、ずるいんやないかなって」

「見えんもんのほうがだいじ、みたいに感じるのは、カナが詩人やからでしょう。だって金子みすゞが好きなんやもん」

ジローはめずらしく真剣《しんけん》にきいた。

「詩人？　ちがうよ。それより、なんでもない岩を、じーっと見つめたりで、見えるもんに反《はん》応《のう》するのは、ジローが科学を信じとるからでしょう」

「おいおい、ずいぶんむずかしい話になってきたね」

ショージさんが心配そうに言った。

「カナちゃん、そんなこと考えとったのね」

ヒサエは妹の真剣《しんけん》さに驚《おどろ》きながら、その肩《かた》に手を当てた。

「お姉ちゃんはね、忍者《にんじゃ》もぜったいまちがいやない思うよ。わかりやすいイメージが浮《う》かんだら、みんなにそれを教えてあげる。あぁそういうことかってわかる人が増《ふ》えたら、みんなで前へ行けるでしょう」

「イメージか。星もそうや。お姉ちゃんがハルバアと、トトカカは星に行ったってうそついたのはうれしかったよ。わたし、わかってたけど、妙見《みょうけん》さんのこと、まじめに見あげたもん」

「ちっちゃいのに、ようわかってたんやね」

「あれはね、ふたりのうそがよう見えたんよ。うそは、見えんようにつかなあかん」

「ほんとはお姉ちゃんも、あのうそにけっこう助けられたんよ。妙見《みょうけん》さんも見たしね」

キャシーさんは、カナエが話しはじめたときからじっときいていて、なにが話題になっているかわかったようだった。

「カナエちゃん、きいて。イギリスは妖精《ようせい》がたくさんいる国なのよ。にぎやかなロンドンのケンジントン公園も、妖精《ようせい》に会える場所ね。とくに公園のサーペンタイン池にある小さな島、そこは、生まれて一週間目のピーターパンが運ばれてきた島として有名なの。島には多くの妖精《ようせい》が住んでて、いつでも会えるんだけど、心のきれいな人にしか見えないってことになってるわ。カナちゃんはピュアだから、今日この森で妖精《ようせい》かなにか見たんじゃない？　いろんな種類のがたくさんいたようだったから」

「はい、妖精《ようせい》とはちがうけど、雷《かみなり》の光をすぐ近くで見てきれいやと思ったし、まっ白な靄《もや》に包まれたときは、わたしのほうが妖精《ようせい》になったみたいやったし。ヒルでさえ、そんなに人間と友だちになりたいのかなって、ちょっぴり親しみ感じたくらいよ」

「そうね。見たり、感じたり、触《さわ》ったり。見るっていうのは、そういうことのひとつ。だから、どんな感覚もみんなおなじようにたいせつね。ニュートリノを、見えるものにたとえたのは、とてもいいアイデアだったわ。そのイメージで昇《のぼ》った階段《かいだん》から、新しい景色が見えたんだもの」

「なるほどなぁ、そう考えればやっぱり、カナの思いつきはすごいや」

ジロータが口をはさんだ。

「ありがと、ジロー」

とカナエがお礼を言うと、ロバート先生がゆっくりした口調で言った。

「カナちゃん、ぼくは飛行機雲のことを話しました。とってもよく見える、はっきりした事実。人間もおなじ。うそつくと顔に出る。うそついた心は、顔に出るのです」

「あーわかります。お姉ちゃんが、トトカカは星に行ったってうそついたとき、すぐにわかったのは、顔にうそが出とったからや。飛行機雲とおんなじですね」

「ははは、そのとおり」

先生は、カナエに笑顔とウインクを送った。

小さなノートを出して、いっしょうけんめいなにか書《か》きこんでいたクリスさんが、手をあげて話しはじめる。

「ちょっと、きいてください。ぼくはこんなに命が近くて濃《こ》い森を、いままで見たことがない。アメリカにも、もっと大きな森や広い川があります。でも人間には大きすぎる。道に迷《まよ》ったら何日も出てこられない広さでこわいほど。でもここは川も、山も、森も、木もみんなやさしい大きさ。血を吸《す》うヒルも、コオロギもたいせつな友だち、なかまです」

きいているうちに、カナエとヒサエとジローの三人は、まるでじぶんたちがほめられているかのように感じていた。クリスさんには、三人のそんな素直《すなお》な共感が手にとるように見えている。その気持ちをどう表現《ひょうげん》したらいいか――すこし迷《まよ》いながらクリスさんは大きく両手を広げて言った。

「さぁ、若《わか》い友だち、ここへおいで！」

三人は、広げられたクリスさんの大きな腕《うで》のなかへ飛びこんでいった。

ロバート先生は、こんなときにも忠告《ちゅうこく》を忘《わす》れない。

「おーい、クリー。明日の研究所の仕事、忘《わす》れるなよ」

四人は先生に手をふり、笑いながらひとつになった。

午後四時。森の大音楽会の最後の響《ひび》きが、雲ひとつなく晴《は》れわたった青空に向けてゆるやかに立ち昇《のぼ》っていった。

＊

その年の暮《く》れ、夕食をすませたカナエとヒサエは、久《ひさ》しぶりに屋根にあがって星を見ることにした。

天生《あもう》高原ツアーのあと、ふたりはいそがしくてゆっくり話をする時間もないままだった。それぞれに積もる話がたくさんある。カナエは、だれにも邪魔《じゃま》されずに姉とふたりきりになりたかった。それには、慣《な》れたわが家の屋根の上がいちばんいい。

冷気で息が白く見えるようになった一二月の三〇日、早めの夕飯を終えたふたりは、以前と同じように厚《あつ》いヤッケと毛糸の靴下《くつした》で、屋根にあがった。用意した空気マットの上の寝袋《ねぶくろ》にもぐりこみ、ふたりで夜空を見あげる。

ヒサエは、姉らしく言葉すくなだったけれど、カナエは、ちょっと気どりながらえへんと咳《せき》払《ばら》いして、姉を見た。

「だいぶ長いこと星も見ずに、時間ばっかたったわね」

「うん、ほんとに久《ひさ》しぶりよねぇ」

「お姉ちゃんとこうしてると、気持ちがやらかくなって、すごいうれしいな。トトカカまでが、あのへんにいるような気になるよ」

カナエは右手を伸《の》ばして北東の夜空に向けた。ヒサエがそれを見て笑った。

「トトカカが光りながら、まだあそこらへん飛んでるんや」

「ちがうね、そのレベルはずっと前に卒業したよ。でもそう言われると、今夜は四人がいっしよにおるみたいで、なんやわからんけど心が騒《さわ》ぐなぁ」

「胸騒《むなさわ》ぎか。それで思いだすのは、天生《あもう》のヒル騒《さわ》ぎ。あれ、おもしろかったよねぇ」

ヒサエが誘《さそ》いかけ、カナエも笑顔になった。

「ははは、ショージさんね。いい人やからよけい笑える。天生《あもう》では言えなんだけど、あのヒル、男子のだいじな部分を襲《おそ》ったんでしょう」

「きっとそう。映画とおんなじよ。ご本人には悪いけど、おかしいね」

「まじめなクリーさんは、コオロギで大喜びやった。アメリカでも鳴《な》くけど、こっちでもだぁ！　って。ふふふ」

久《ひさ》しぶりに笑い合って、ふたりの気持ちがすっと近づく。ヒサエは短い沈黙《ちんもく》を破《やぶ》った。

「あの日、天生《あもう》で研究所の学者さんたちが話したこと、まだわたしの頭のまんなかに残ってて、答えが出るの待ってるような感じやわ」

「お姉ちゃんとちがって、わたしはちょっと話しすぎたかもしれん。だって、みんなの話で覚えとるのは、飛行機雲のところくらいやもん」

「そうそう、そこんとこ大事。よく覚えてるよ」

「わたしは歴史のことより、『見えるもんと見えんもん』なんて変なこと思いついて、夢中《むちゅう》でしゃべって、ちょっと失礼やったかもって……」

じつを言えば、ヒサエは妹の夢中《むちゅう》のおしゃべりが、とても気になっていた。とくに、『見えるもんと見えんもん』については、おそらくその場の思いつきにすぎないはずなのに、ふしぎなパワーがあって頭から離《はな》れないのだった。

カナエが、寝袋《ねぶくろ》の上から胸《むね》に手を当てて言った。

「いまも、見えんもんのほうが、このへんで回ってて」

「胸《むね》のまんなかで？」

「でも、答えなんてすぐ出るわけないでしょう。だからもっと知りたくなって、あのあとすぐ図書館係に登録したの。これからはいろんな本読んで、見えんもんについて勉強しようって考えたの。本気よ」

「おやおや、カナちゃんも進化しとるなぁ」

「ほんとはね、見えるもんのほうがおもしろいかなって気持ちもあるよ。科学部で見えるもん追いかけるなら、ジローともいっしょに活動できるしね」

「でもお姉ちゃんはね、カナちゃんとクリーさんが話してたように、いろんな国の古い歴史について学んでみたいの。英語の勉強しながらね」

「へぇー、お姉ちゃん、そんなふうに考えとったんや」

「そう。天生《あもう》の前の晩《ばん》、わたしが古いアメリカの詩のこと、みんなに話したでしょう。『山や川、草も木も、世の中のすべては子どもたちから預《あず》かってるんだから、たいせつにしなきゃいけない』っていうところ。そしたらクリーさんが、それはアメリカの古いネイティブの言い伝えだって、教えてくれたわね」

「うん、覚えとる。子どものわたしが主役になったもんで、言ったの。『たいせつに扱《あつか》ってくださいよ。そやないと、未来がなくなる』なんて大げさにね」

「そこよ！　わたし感激したもん。カナちゃんて、感覚鋭《するど》いなぁって見直したの、ほんとよ」

「わぁ、ありがとう。子どもから借りてる未来って話、きらって光っとるもん。そういう言い伝え、世界じゅうおんなじなのよ」

「うん、歴史を戻《もど》していくと、どこの国も似《に》てくるのよね、きっと」

「あ、そうや。学者の三人も、結局ずーっと前の、地球が生まれる前のことが知りたいってことになるんかな？」

「そうね、三人もショージさんも、未来じゃなくて何億光年も昔について追いかけてる！　わたしはそんな遠い過去《かこ》より、もっと近い人間の歴史でいいけど」

「お姉ちゃん、ドームのお客さんと、歴史のことよく話しするって言ってたよね」

「お客さんに『なぜ日本にはこんなにたくさん神さまがいるの？』なんてきかれたとき、ちゃんと答えられるようにしなくちゃって思うよ」

「お姉ちゃん、働きながら勉強しとるんやから、すごいよ」

「カナちゃんこそ、わたしが進みたい方向を教えてくれたし、すごいね！」

　ヒサエは妹を見た。その頬《ほほ》に涙《なみだ》が伝わり落ちている。はっとして、じぶんの涙《なみだ》にも気づき、あわてて目をそらす。

会話がいっとき途切《とぎ》れ、ふたりはあらためて視線《しせん》を満天の星々《ほしぼし》に向けた。
星明かりに照らされて、飛騨《ひだ》の山々《やまやま》はいっそう黒々《くろぐろ》と光り輝《かがや》いている。
トトカカが、夜空でほほえんでいるように感じられる。

（おわり）

あとがき

カミオカンデを舞台《ぶたい》にした物語を書くにあたって、まず気になったことがあります。それは、この地の神《かみ》岡鉱山《おかこうざん》が、以前に公害「イタイイタイ病」をもたらした歴史を背負《せお》ってきたことでした。

岐阜《ぎふ》県北西部、神岡《かみおか》の山懐《やまふところ》から流れる神通川《じんづうがわ》は富山《とやま》県内を流れ下り、日本海へ注ぐ清流です。その神通川《じんづうがわ》流域《りゅういき》で、明治のなかごろから稲《いね》の育ちが悪くなってきたなどの被害《ひがい》が見られるようになりました。大正時代には、中流から下流域《かりゅういき》に暮《く》らす人たちの間で、体じゅうに痛《いた》みが走る原因不明《げんいんふめい》の奇病《きびょう》が流行《はや》りはじめました。

その後太平洋戦争を経《へ》て一九五〇年代、その患者《かんじゃ》が「痛《いた》い痛《いた》い」と訴《うった》えることから、奇病《きびょう》は「イタイイタイ病」と呼《よ》ばれるようになり、数年後にその症状《しょうじょう》の原因《げんいん》はカドミウム中毒であることが突《つ》き止められたのです。

当時神岡鉱山《かみおかこうざん》では、ほりだした亜鉛《あえん》に含《ふく》まれる不純物《ふじゅんぶつ》をとりだすために、カドミウムを含《ふく》んだ水を使用しており、その水が神通川《じんづうがわ》に流れこんでいました。

一九六〇年代になってから、患者《かんじゃ》や家族をはじめ住民が団結《だんけつ》し、国や富山《とやま》県、神岡鉱山《かみおかこうざん》を経営《けいえい》していた三井金属鉱業《みついきんぞくこうぎょう》にその対策《たいさく》を要求しました。そして一九六八年には原告住民が裁判《さいばん》を起こし、一九七一年に勝訴《しょうそ》。厚生省《こうせいしょう》（現在の厚生労働省《こうせいろうどうしょう》）は、イタイイタイ病を公害病と認定《にんてい》したのです。

この病気のほかにも、三重《みえ》県の四日市《よっかいち》ぜんそくなど、戦後昭和の復興期《ふっこう》にはさまざまな公害病とされる病《びょう》災《さい》が、人びとの暮《く》らしを傷《いた》めつけてきました。

現在の神岡《かみおか》町は、宇宙《うちゅう》のなぞに迫《せま》る小柴《こしば》博士と梶田《かじた》博士の研究によって、二度のノーベル賞受賞という栄《えい》誉《よ》に輝《かがや》き、その後も観測施設《かんそくしせつ》のある誇《ほこ》り高い町でありつづけています。「カミオカ」は、日本より海外で人気の高い場所として知られているのです。

宇宙《うちゅう》の果てから飛んでくるニュートリノの航跡《こうせき》を見つけようとした博士たちの信念は、まちがってはいませんでした。この地にある飛騨片麻岩《ひだへんまがん》という世界でもめずらしい硬《かた》さの岩と、飛騨山系《ひださんけい》からしみでる美しい清らかな湧《わ》き水を利用してはじめて、その信念が実証《じっしょう》されたわけです。

歴史をたどれば、かつてこわい公害をもたらした鉱山《こうざん》が、年月を経《へ》て先端的《せんたんてき》で偉大《いだい》な観測《かんそく》結果を生んだこともまた事実です。過去《かこ》の災《わざわ》いが消えることは決してありません。けれどもそれを忘《わす》れることなく、いっぽうで新しい時代の息吹《いぶ》きに心躍《おど》らせる姿勢《しせい》もたいせつではないでしょうか。

二〇二四年一〇月

松田悠八

松田悠八（まつだゆうはち）

一九四〇年岐阜県生まれ。早稲田大学文学部卒業。出版社勤務を経てフリーに。主な編集担当書に『パパラギ』『海からの贈りもの』『アレクセイと泉のはなし』などがある。二〇〇四年、『長良川スタンドバイミー一九五〇』で小島信夫文学賞受賞。その続編にあたる『円空流し』『長良川―修羅としずくと女たち』（いずれも岐阜新聞連載）などを執筆。現在東京在住。［連絡＝hachistar@gmail.com］

カミオカンデの神さま

著　者　松田悠八

2024年11月2日　初版第1刷発行

発行者　関　昌弘
発　行　株式会社ロクリン社
153-0053　東京都目黒区五本木1-30-1　2A
電話　03-6303-4153　　FAX　03-6303-4154
https://rokurin.jp

イラストレーション　小林敏也
装　丁　宇佐見牧子
組　版　有限会社マーリンクレイン
編　集　中西洋太郎
編集協力　内田夏香
印刷製本　株式会社シナノパブリッシングプレス